ライナー=マリア=リルケ
1906年

リルケ

• 人と思想

星野 慎一
小磯 仁 共著

161

CenturyBooks 清水書院

はじめに

リルケ、もちろん正当な評価を根にいく度かのブームをくぐりぬけ、ナチスの時代にもいわゆる非政治性の故か生き延びた数少ない詩人としてそのつど、毀誉褒貶《きよほうへん》を繰り返しながら現代まで生きつづけてきた詩人、詩作の巨大性がはらむ問題の主要部はほぼ解明されたかに見えながら、なおまだ多くの未知の部分を残し、文学の豊かさを贈ってくれるリルケ、そのリルケが我々に贈与する内容とは何だろうか？

わが国最初のリルケ紹介は、明治末期に森鷗外により断片的になされた戯曲や短篇の翻訳と解説だった。やがて昭和初期の茅野蕭々《ちのしょうしょう》の訳業『リルケ詩抄』の直接の影響下にうまれた堀辰雄ら「四季」派の受容は、リルケの愛や孤独の一面に傾きつつもほとんど初めてリルケの詩人性を文学愛好者を中心に全国に広める役割を果たした。戦後、一挙に拡がった新しいリルケ模索の中で思想性と結びついた人間の実存の問題も、生や死の意味をあらためて問わざるを得ない時代状況を背景に考えられるようになり、およそあらゆる角度からの解明が行われるようになった。この事実は、リルケの文学がそのような多様な近づきを許容するほど巨きな詩人存在の証《あかし》にほかなるまい。

本書の著者星野慎一も、堀とリルケ受容をほとんど共にしている。以後、二〇年経た昭和二〇年代中ごろから約一〇年を費して刊行したリルケ研究三部作は、世界を見渡しても人と作品をめぐるもっとも大部でもっとも詳細な評伝であった。星野はこのあと、ゲーテに重心を移していく。リルケは忘れられたかに見えた。しかし忘れ去られたのではなかった。ゲーテを中軸に日本文学との比較も視野に入れながら、リルケは彼の内部で呼吸を止めなかったのである。この熟成の中で、「人と思想シリーズ」の一冊として『リルケ』が執筆された。

ところが星野は一九九八年秋、本文を書き終えつつ病に倒れ、まもなく死去した。本シリーズには必須の詩人‐関連地図、序、あとがき、年譜、参考文献などこれまた重要な構成要素が手つかずのまま残されてしまったのである。著者の遺志と清水書院の強い希望で私がこの全部分を執筆することになり、ためらう間もあらばこそ直ちに補完の作業に入った。

遺稿の本文を読了したとき、決して以前のような大部な評伝ではないが、これは現代の、未来の読者にこそ伝えられるべきリルケだと直観した。そしてこの内容を正確に読者に伝えるにはおざなりの序ではなく、リルケと星野との関わりを初源にまで遡るもうひとつの序説に相当する小論も私自身が新たに書きおこす必要を強く感じたのである。遺稿には、リルケが世界的に愛読される理由を探る問いを設け、リルケに関心を抱く者なら誰でも自由に入っていくことのできる世界が豊かに示されてあり、その無限に開かれた世界こそ何よりもリルケ自身が我々に遺したあの文学の贈与にほかならなかった。

この見出《いだ》しに基づく一文が、巻頭の拙論「序論——リルケと星野慎一」である。この序論を本文と併せて読まれるなら、本書全体の理解は一層深まり、詩人リルケがさらに身近く感じられると思う。本書がリルケを愛する人々、これからリルケに近づきたい人々に役立つことを星野と共に心より願っている。

小磯　仁

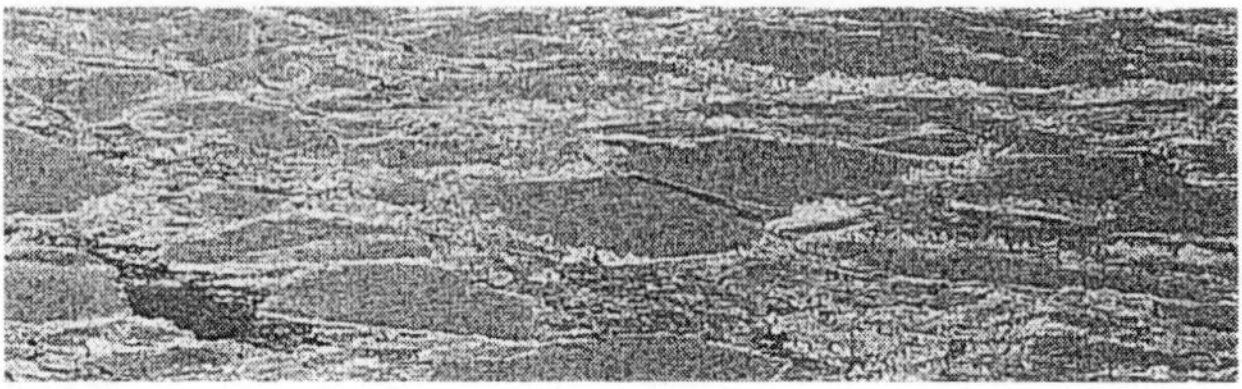

目次

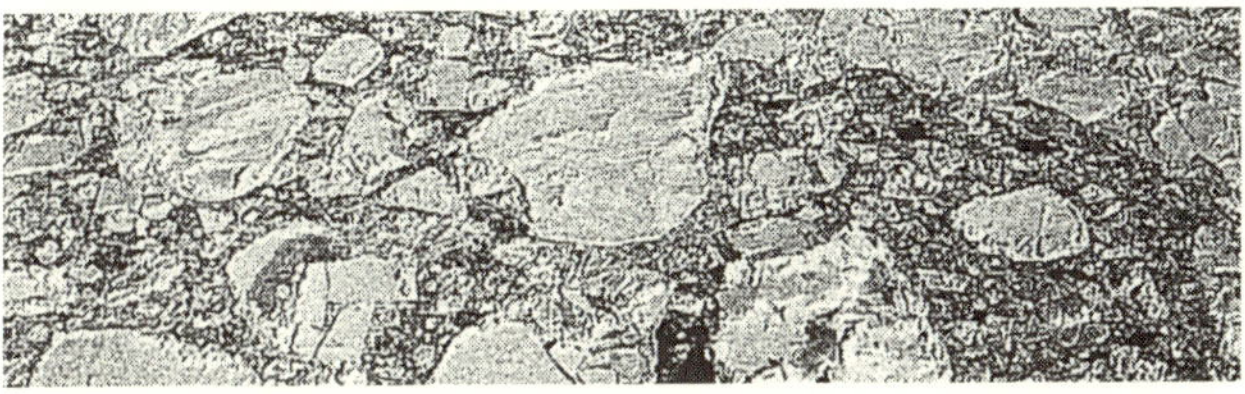

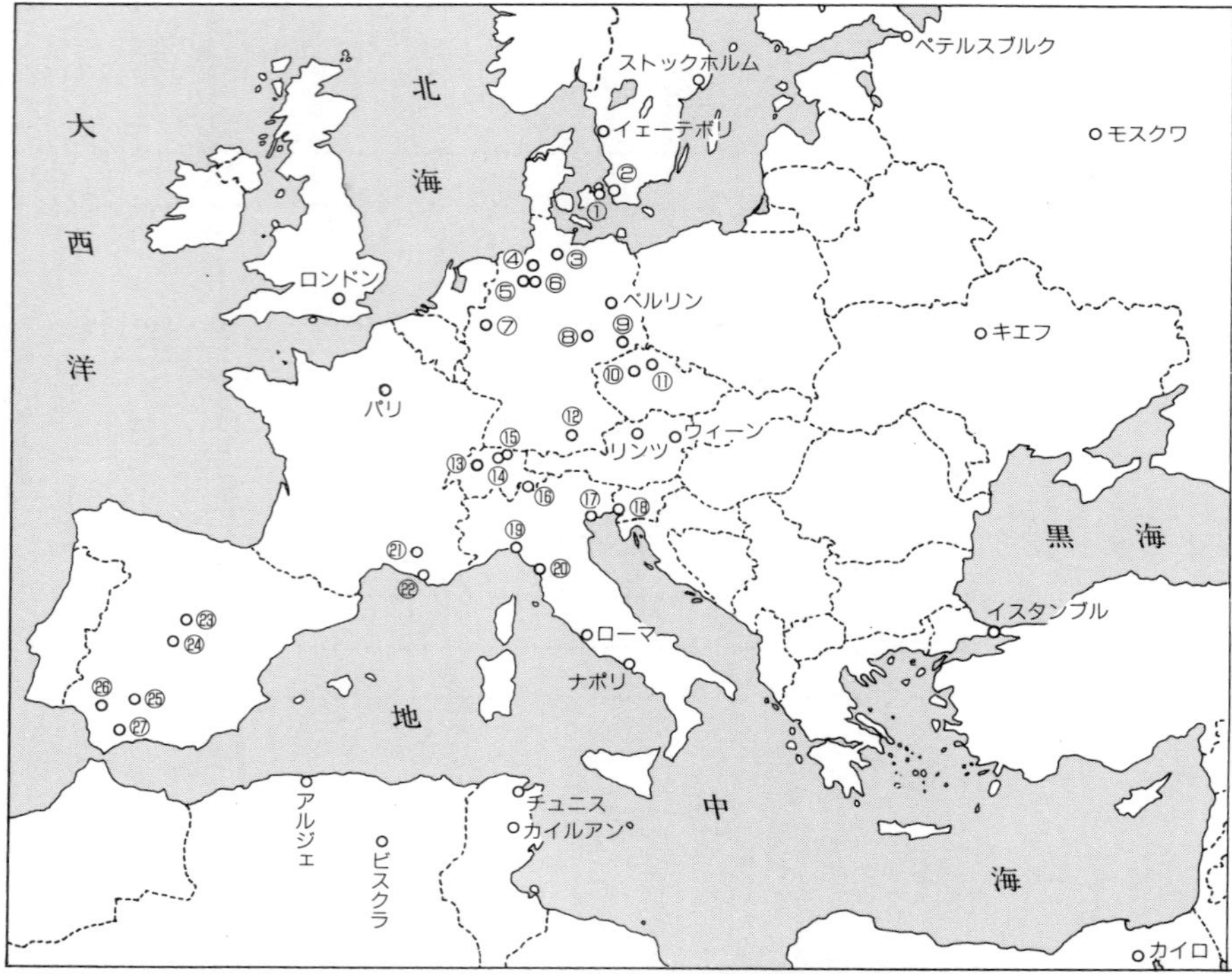

① コペンハーゲン
② ボーアビュー-ゴー
③ ハンブルク
④ ヴォルプスヴェーデ
⑤ ブレーメン
⑥ オーバーノイラント
⑦ デュッセルドルフ
⑧ ライプツィヒ
⑨ ドレスデン
⑩ プラハ
⑪ ラウチン
⑫ ミュンヒェン
⑬ ベルン
⑭ チューリヒ
⑮ ベルク-アム-イルヒェル
⑯ ソリオ
⑰ ヴェネツィア
⑱ ドゥイノ
⑲ ジェノヴァ
⑳ ヴィアレッジョ
㉑ アヴィニョン
㉒ マルセイユ
㉓ マドリッド
㉔ トレド
㉕ コルドバ
㉖ セビリャ
㉗ ロンダ

リルケ関連地図

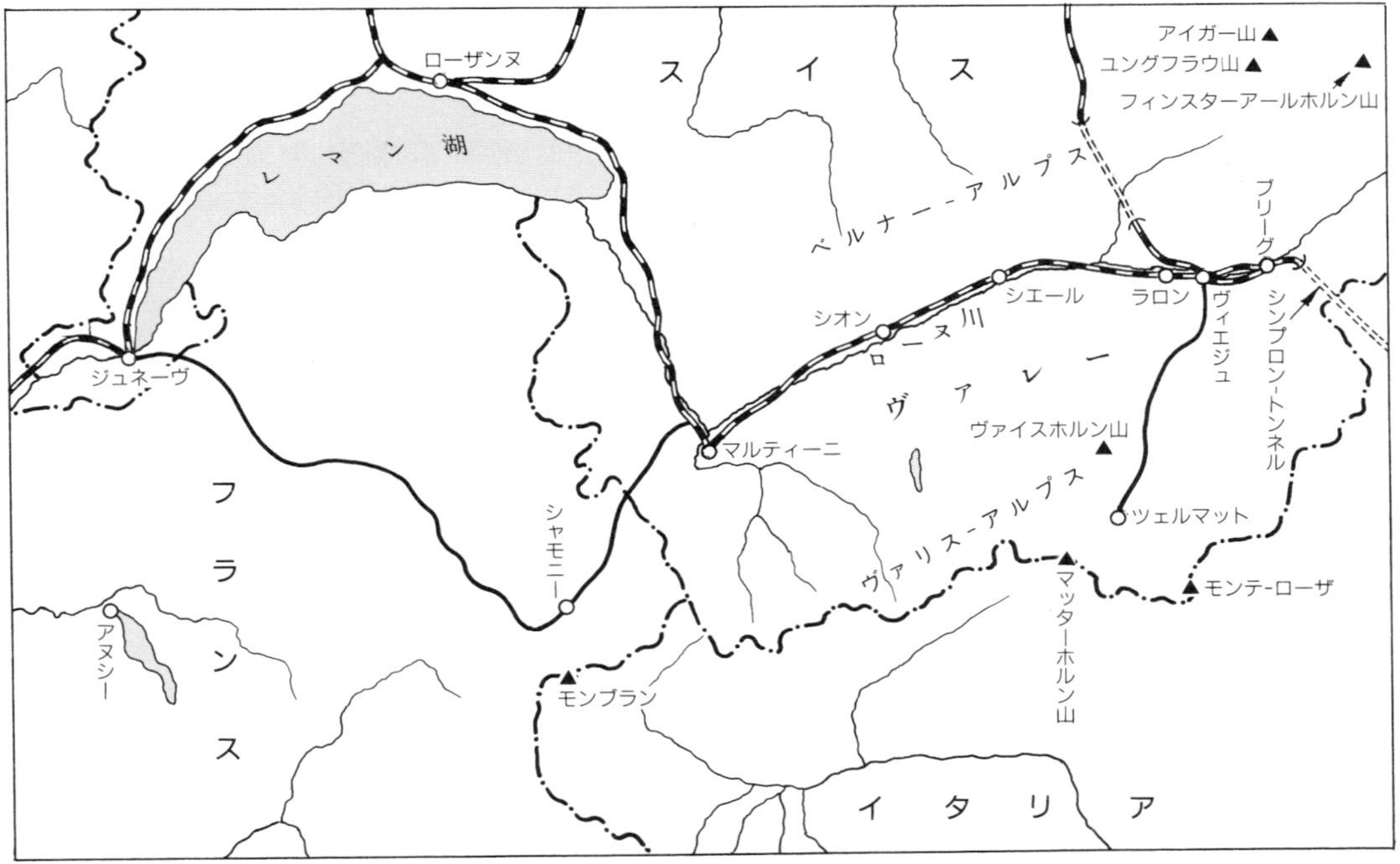
スイス
アイガー山
ユングフラウ山
フィンスターアールホルン山
ローザンヌ
レマン湖
ベルナー-アルプス
ブリーグ
シエール
ラロン
シオン
ローヌ川
ヴィエジュ
シンプロン-トンネル
ジュネーヴ
ヴァレー
ヴァイスホルン山
マルティーニ
ヴァリス-アルプス
ツェルマット
シャモニー
マッターホルン山
モンテ-ローザ
フランス
アヌシー
モンブラン
イタリア

スイス，ヴァレー地方

序論　リルケと星野慎一

小磯　仁

星野のリルケ研究歴は古く、一九三三（昭和八）年、春陽堂の世界名作文庫のために訳した『愛する神の話』（Geschichten vom lieben Gott　一九〇〇、〇四、その後『神様の話』と改訳）まで遡る。わが国のリルケ紹介の本格的な先鞭をつけた茅野蕭々訳『リルケ詩抄』（第一書房）の出版が、リルケの死の翌年の一九二七（昭和二）年（増補版『リルケ詩集』一九三九）であった。これに深い影響を受けた「四季」派の詩人には堀辰雄（一九〇四〜五三）を筆頭に、立原道造（一九一四〜三九）、伊東静雄（一九〇六〜五三）らがいたが、堀編集の「四季」リルケ特集号（六月号）が一九三五（昭和一〇）年に出て、堀自身も、一九三三（昭和八）年来この号まで、さかんにリルケの作品（「マルテ・ロオリッツ・ブリッゲの手記」）や書簡（「或る女友達の手紙」、「リルケの手紙」）の翻訳を同誌に発表した。

「四季」と同年の一九三五年、東京帝国大学独逸文学研究会編輯「エルンテ」（七巻三号）も「リルケ特輯」を組み、星野は「寂寥詩人としてのリルケ」を芳賀檀、富士川英郎らと並んで発表している。

これを見ると星野がわが国での最初のリルケ受容期にあって他の研究者らと共に、作品の一部を翻訳しつつ研究も開始していた出発状況がわかるだろう。つまり星野のリルケ研究は、日本のリルケの歩みとほぼ軌を一《いっ》にしていたと言える。彼は幼少のころから日本や中国の詩歌に親しみ、『万葉集』、『古今集』、芭蕉（一六四四〜九四）、蕪村（一七一六〜八三）、李白（七〇一〜六二）、杜甫（七一二〜七〇）らの古典のみならず、近代の詩人・歌人の作品も愛読していた。郷里長岡は海こそなかったが、信濃川の流れる肥沃で豊かな大地に恵まれ、彼はこの自然に直接培《つちか》われたのだった。星野の処女詩集『郷愁』（第三書房一九五〇）巻末の次の「著者の言葉」からも、それはよく理解されよう。

「わたくしの故郷は北國である。ニーチェの詩『孤愁』を想はせるやうな自然が、わたくしの若いたましひをはぐくんだ。わたくしの人間の奥底から、この寂寞のひかりをぬぐひ去ることは出來ない。彌《いや》寒き空を求めてながれゆく晩秋の煙のごとく、ありし日のわがふるさとの自然は、つねに、わたくしの心の隅にただようてゐる。わが幼なかりし日の山川草木、みな、秋空に枯れはてて立てる柿の木のごとくあはれならざるはない。わたくしは幼くして自然のいとなみに、驚異と不可思議を感じた。しかしながら、それが如何なるものであるかは、もとより說明出來なかった。

『自然はとこしへにもろもろの新たなる形象を創造す。現存するものはかつてありしことなく、かつてありしところのもの、再びきたることなし――一切は新たにして、しかもつねに古きものなり。』 長じてゲーテのこの言葉を讀み、わたくしの幼き心にそそられた哀感が、無限の變容のなかにさまよふ人間のさびしさであることをさとった。

うつろひゆくものを心のよすがとなしたリルケを、わたくしはなつかしく想ふ。」

詩文芸と自然へのこの直接の親しみが生得の詩的感受性と結ばれていったとき、リルケと向き合う素地はすでに準備を整えつつあったのだ。そのあと戦後へと彼のリルケの学びは、厳しく激しい時局の変動の中でも静かに継続した。

星野のリルケ研究が最初にまとまったものとして公にされたのが、一九五一年のことだった。一九三〇年代にも似た、ドイツを始めとする世界規模のリルケ-ブームを背景に、日本でも特に大山定一訳『マルテの手記』（一九三九、四七、五〇、五三〜五四）を中心に、リルケの読書界への拡がりは大きく、各社から作品集が出るまでになった。星野はこの書を『リルケ研究第一部　若きリルケ』（河出書房）と命名したが、ここにはパリに出るまでの生涯が克明に描かれ、作品を縦横に引用しながら、およそ二〇年以上にわたり傾倒してきたリルケへの思いのたけをそそぎ入れた情熱が全頁に脈打っていた。いわゆる人と作品の系譜に属する内容だが、旧版の「リルケ全集」を柱に戦前を含む戦後出たばかりの入手し得る限りの関連文献も参照した、リルケをゲーテと並ぶ至上の詩人とする畏敬が行間から滲み出てしまっているような、研究書ではあるが文学書の香気も伴う詩人評伝だったのである。この特色は三年後の『リルケとロダン』（一九五三）、一〇年後の『晩年のリルケ』（河出書房新社　一九六一）にも貫かれ、名実共に最大規模のリルケがこの三部作によって成し遂げられたのだった。

リルケの最期のころ、研究を始めた、日本のひとりのドイツ文学者が前半生を費した成果の一切が三巻にはつまっている。したがってその特色は、容量でも類を見ないことだけにあるのではない。これらのどの一頁からも、詩人と人間がひとつに融《と》け合ったリルケに近づこうとする著者の詩魂が読みとれる点こそ独自の特色と言わねばならないだろう。いかにリルケブームが背景にあったにせよ、もしドイツの研究書の上辺《うわべ》をなぞっただけの叙述だったら、これだけの大部で高価な書物が一九五〇～六〇年代に、一般のリルケ愛好者にも広く受け入れられるはずはなかったであろう。ちょうどインゼル書店から最新のリルケ全集（巻末参照）が刊行され始めたことも、作品理解のためには非常に役立ったのは間違いない。それは、第二部より八年後刊行の『晩年のリルケ』の中心を占める『ドゥイノの悲歌』、『オルフォイスに寄せるソネット』への分析からも了解され、他にも及ぶ限りの資料を参照しながら、ようやくこの詩人の全貌を描ききった安堵感まで伝わってくる。

星野は三部作を完成したあとは、それまでそそいできたリルケへの情熱を今度はゲーテ（一七四九～一八三二）に向けていく。正確に言えば以後の約三〇年をゲーテ、それも東洋に着目し『西東詩集』（一八一九）で歌ったゲーテの世界性の問題に取りくんでいった。その成果に『ゲーテと鷗外』（潮出版社　一九七五）、『ゲーテ』（清水書院　一九八一）、『ゲーテと佛教思想』（新樹社　一九八四）があり、本書と同じシリーズに属す『ゲーテ』を除き、いずれも比較文学の枠を越えた視点下に、ゲーテと対象とが相補の関連に置かれ得る所以がわかりやすく捉えられ叙述されている。

しかしながら前述のように、生来の詩人性に富む星野の関心は、ゲーテとリルケを貫き、ドイツの詩人研究を深めれば深めるほど幼少から心身の深部にまでも浸透していた故に自ずと浮上してくるわが国の詩歌、ことに短詩型文学の俳句に向けられるに至った。その歴史的背景には、戦後桑原武夫（一九〇四〜八八）により提唱され一部文化人の熱烈な賛同を得たいわゆる俳句第二芸術論と、当時の詩人の代表格の村野四郎（一九〇一〜七五）の桑原支援の所論があり、彼らに俳句は第一芸術にあらざるものと断罪された理由内容そのものに対して為された正面からの星野の反駁があった。星野は昭和二〇年代にすでにまず短歌滅亡論への反駁を、短歌誌「潮音」に連載の「短歌の世界的位置」（一九五二〜五三）で展開した。星野の期待に反して、二人の当事者からの正式な回答は結局為されずじまいで、実りある両者間の応答は生じなかった。こうした現状下に、しばらくして彼はさらに独自の俳句論を俳誌「暖流」に三年半にわたり連載した「世界的視野から見た俳句」（一九八三〜八六）で展開する。

その際の基本視点は、旧来の俳句や和歌の世界が免れ難かった師弟関係など旧弊の弁護ではなく、第二芸術論や村野が強く主張した時代遅れのマイナス性に富むはずの、詩型や季語も含む俳句そのものが、実は彼らが師表と仰いだ西洋の慧眼《けいがん》の持ち主たち（リルケもその一人に連なる）によって高く評価されていた歴史事実を例証に挙げ、敗戦を機に短詩型文学を葬り去ろうとした批判自体も帯びざるを得なかった一面性を鋭く言いあてたのであった。俳句の独自性の自明さにあまりに盲目となった人々の文化認識そのものにも踏み込んだ、これはひとつのきわめて尖鋭な問題提起にほかならなかったと言えるのだ。

星野は、王堂チェンバレンことバジル＝ホール＝チェンバレン（一八五〇〜一九三五）から、ハロルド＝グールド＝ヘンダーソン（一八八九〜一九七四）に至るまでの、いずれも俳句に出会いその価値を自国の言葉で表現し、結果として日本文化の紹介に貢献した人々を発掘し直した。第二芸術論を反面教師として、あらためて俳句がもはや日本人だけの所有物ではなく世界に共有される文化となってきている根拠内容を、これらの人々の証言に即して歴史的に丹念に説き明かそうとしたのであった。

星野が処女詩集『郷愁』を『若きリルケ』の一年前の一九五〇年に出したことはすでに触れたが、この詩集には英文学者で詩人の日夏耿之介（一八九〇〜一九七一）が序（日夏は「敍」と表す）を寄せている。西洋文学の内奥に分け入りながらも短詩型文学も重視する故に、特に短歌や俳句を軽視する文化人らに厳しい眼を向けていた日夏と、学匠詩人としての日夏を畏敬する星野との出会いが浮上する。日夏は序の後半で記す。

「この詩人のうたへる古里は、さながらわが在りし日の情感したるこころばゑのうつしゑなり。いかで感を共にし盃をとって清酌低唱せざらむや。わが古里を偲べるうた一首を抄（うつ）しいでて、眞情の詩人の首途をことほぎて云く

　月みれは胸はもいたし月かけの
　　淺小竹《しぬ》原に笛の音のする」。

序に続く詩集扉には、「われは愛す／うつくしてうつろひゆくものを」とあり、詩篇「流雲」には、「かの雲よ　ともしきかな／空たかくただよひゆくを」のリルケの詩行が掲げられている。二

作品を示そう。

母

檐蔭《のきかげ》の葡萄の房に
初秋《はつあき》の陽《ひ》の
むらさきにひかりしとき
うらわかき母の乳房にわれはすがりき
ああ　かのはるかなる日よ
こともなかりし一瞬《ひととき》なるを
いかなれば静かなる涙となりて
わが胸にしたたりゆくや

桐の花

春の陽の
精舎《しやうぢや》のかげにきこゆるとき

裏木戸の
桐の花のみ暮れのこりぬ
青白きたそがれのにほひのなかに
むらさきの花はひかりつ
ほのかなるひかりなりしよ
あはれ　あはれ　ものなべてうつろひゆきぬ
むらさきの花のひかりの
しづもれるかげにやどりて
げに　われは　をさなかりけり

私は、空襲で詩稿を焼失し純粋な記憶からひとつひとつ反芻してつくりあげたという星野のこの小さな詩集にこそ、彼自身はその後も詩を書いたにもかかわらず、リルケやゲーテ研究者としてだけではなく、何よりもまずひとりの詩人の眼差しで短歌や俳句を積極的に弁護した発言の源を見出すのである。星野の短詩型文学への関わりは、その後はまず一九六〇年代を中心に主として日夏と関係の深い文芸誌「古酒」（改題「真珠母」）でのエッセイ、詩発表となり、やがて俳文化誌「游《ゆう》星《せい》」で四回に分けて発表したエッセイ「俳句の哲学」（一九八八〜九〇）にも繋がる。しかし特筆すべきは、「暖流」誌上の連載を加筆しまとめた『俳句の国際性』（博文館新社）が、ほとんど二〇年ぶりの著書として一九九五年に刊行されたことである。「なぜ俳句は世界的に愛されるようになったのか」の副題を持つこの著書により、それまでは一部の俳句関係者に注目されたにすぎない星野の俳句文学論が、広義の比較文化‐文明論としても初めて一般の目にも触れたのであった。

やや詳しく星野の文学研究の歩みを辿ったのはほかでもない。それはそのまま、本書『リルケ』がうまれ出るまでの彼自身の歩みにほかならなかったからである。なぜ彼は本書のために特に設けた第I章を、リルケが世界的に読まれる理由そのものへと絞り込もうとしたかが明確に掴みきれなくなるおそれがあるからである。ようやくいま我々は、星野の文字通り最後の本となった遺著『リルケ』の入口に立ったといえよう。

その入口に掲げられた道標こそ、「なぜリルケの詩は世界的に読まれるのか」の問いである。そして星野が用意したこれへの解答こそ、リルケと俳句という一見突飛とも思える、普通容易には見定め難い題目なのである。しかし以上の歩みを前提に踏み入るならば、なぜ彼が最後の書物で再びリルケにたち還りながらこの主題を設定したか、その理由内容が見えてくるはずである。

星野がリルケの世界性の意味を問うに至ったのは、やはり彼のゲーテへの関心が深く影響していよう。それを証するように晩年の彼の文章には、きまって、一八二七年からゲーテが非体系の論述により国民文学に対置して提唱した世界文学《ヴェルト・リテラトゥーア》の理念を要約する「どの国の文学も、外国文学を摂取しなければ衰弱する。どの国にも、その国固有の在りようと文学がある。それが個性的であればあるほど、普遍的である。その理《ことわり》を深く理解し、心をひろくして他国の文学に学ぼうとする愛と寛容に基づく生き生きした精神の交流が諸国民の間に行きわたらねばならない」の主旨の言葉が繰り返し用いられる。またその延長上に、ゲーテが中世のペルシアの詩風を学び上梓した前掲の『西東詩集』も例示され、当時は異教徒の文学として無視されていた東洋の古典にも目を向けて、西欧の外なるものの長所を認めたゲーテのひとつの巨きな視界の独自性が強調される。このように、やがてもともと日本とは異なった文化‐宗教圏に育ってはいてもゲーテと同質の眼を持った外国人が訪れるようになり、一七音というほとんど極限の短さで人間と自然がひとつになった世界が日常で詠《よ》まれている俳句の事実に驚嘆し、俳人たちの作品を自ら自国語に翻訳して正確な紹介にも努めた、主として明治期以降の諸例が持ち出される。俳句のこの固有性がまさしくゲーテの説くように固有故に一民族を越え越境していく性格を持ち、これが他に類を見ない短詩型文学の卓越性にほかならないと彼らが理解したときから、徐々に俳句は世界に解放され共有される文学の相貌を帯び始めてきたのであった。

　リルケはプラハに生まれたが、ロシアを手はじめにドイツ、フランス、イタリア、デンマーク、スウェーデン、スペイン、スイス、など東欧、北欧を含む西欧諸国とアフリカとを旅した。リルケの場合、北ドイツ‐ヴォルプスヴェーデ、パリや晩年のスイス‐ヴァレー地方のようにそれぞれ比較的長く住んだ場所はあるにはしても、すでに初期の詩に見られるように定住地をついに持たなかった非定住性、つまり境界を越え出て遠く自分をさまよわせ無限の自然と一体になりたい姿勢を早くから詩作の基本に置いていた点に星野は注目している。

自然との一体化への底知れぬあこがれは、むろんロマン派を頂点に他のドイツの詩人にも広く認められる共通の特色だが、リルケはそれを一時の感傷《ノスタルジア》に終わらせなかった。リルケが『形象詩集』（一九〇二）を皮切りに、ロダン（一八四〇～一九一七）やセザンヌ（一八三九～一九〇六）からも事《も》物《の》の凝視を学び取ったパリ時代の『時禱《じとう》詩集』（一九〇五）、『新詩集』（一九〇七）、『新詩集　別巻』（一九〇八）、『マルテ＝ラウリス＝ブリッゲの手記』（一九一〇）で試みた、事《も》物《の》の客観描写ではなく、内部を見て可視のものを不可視とし、その不可視となったものこそ可視のもの＝芸術事《クンストーディ》物《ンゲ》として現前させるという視る行為《シャウエン》が、現代人の実存を問うことに直結する詩人自身の最重要な視点となる。この視点を基に、一九一〇年代から約一〇年を費して完成した『ドゥイノの悲歌』（一九二三）であらゆる目に見える対象を不可視にした上でこれを可視のものとして現前させた（＝不《アプサ》在の現前《ンスープレザンス》）からこそ初めて実現されてきた「開かれた世界《ダスーオツフエネ》」を見据えた巨大な生の肯定を歌い得て、さらに一層研《と》ぎ澄《す》まされたこの明視から生と死がひとつの不在の現れとなる『オルフォイスに寄せるソネット』（一九二三）が、そしてまもなく最晩年の短かめの詩行‐詩聯《れん》から成るフランス語詩集『果樹園　付ヴァレーの四行詩』（Vergers, Suivis des Quatrains Valaisans　一九二六）に代表される自然詩群がうまれるに至った成立経過は、今日ようやくあまねく知られてきた。

　それならば、星野がリルケの脱西欧化と説く所以内容は何だろうか。

　それは、やはりキリスト教の神の強制から逃れ、その神と人間を仲介するキリストにもはや縛られることなしに、絶えまなく自分をこの呪縛から解放しつつ、この無保証の場所からこそ生と死が一如となった世界を詩で表現していった一点であろう。吹き寄せる風に自身を託し、風の吹きゆく先に自身を漂わせていこうとする詩人姿勢は、しかし無定住故の無責任な放浪の肯定ではなかった。この詩人宿命を一九世紀から二〇世紀への変わり目に立つ人間として、すなわち政治、経済、何よりも技術がこれまでにない変革を示し始め、事物《もの》と人間が激しく分離し分裂する時代を引き受けた表現者として、死の不安を正視せざるを得ない現代のひとりの人間が直面した実存の問題を根底から問い直し、死を生と対等にしながらこの不在の現前をば新しく開かれた全自然という現実の中に表現していったからこそこの時点で彼は西欧という限界を突き抜けていたのだ。人間と自然が乖離《かいり》しどこまでも引き離されていく現実下に、世紀のはざまの生き証人としていかにこの分裂を克服し、この現実に生きながらこれを肯定するかの視点の獲得が生涯の詩人課題となったのはリルケにはあまりに重い必然であり、どうあっても獲得しなければならない文学の必然だったのである。

このときリルケが日本の俳句に出会ったのは、不思議や奇縁というよりもやはり時代自身が要請していたからであろう。フランス人ポール＝ルイ＝クーシュー（一八七九〜一九五九）は、医師としての訪日中に俳句を発見して傾倒したあと、一九〇六（明治三九）年、当時の総合文芸誌の一つの「文 芸《レ・レットル》」誌上でフランスでは最初の俳句の翻訳となる日本の俳人作品の仏訳を、エッセイ「日本の抒情的エピグラム」（一九〇六年四〜八月号）と同時に発表した。これがフランス文学界に与えた大きな反響を背景に、一四年後今度は著名な文芸誌「新フランス評論《エヌ・エル・エフ》」が、一九二〇年九月一日号に「ハイカイ（Haï-Kaï）」特集号を組んだ。同号にクーシューの他に、当時の代表的な詩人アンドレ＝

ブルトン（一八九六〜一九六六）、ポール＝エリュアール（一八九五〜一九五二）らがハイカイHaï-Kaï詩を発表し、文学史にも残るほどの話題を呼んだ。リルケはまた、同時期のクーシューの著書『アジアの賢人と詩人』（一九一六）収載の、前述のエッセイ「日本の抒情的エピグラム」を精読し、江戸時代の俳句の実作例を勉強している。ただしこの文中には、句法については触れられていない。

星野は第一部で、こうして俳句と出会って直ちに生じた感動を伝える、リルケの知人グーディ＝ネルケ（一八七四〜一九四七）夫人宛の手紙を引用、クーシューの訳した作品中の上島鬼貫《うえじまおにつら》（一六六一〜一七三八）の句

咲くからに
見るからに　花の
散るからに

を掲げ、「ただ、それだけです！　まったくすばらしい」とリルケが絶賛した事実を紹介する。そして彼は、この句は「ただ美しいだけではなく、無限に向かって完全に開かれている」と評した。仏訳による一作品にこれほどの感銘を受けること自体、自身が長い詩型で詩を書いてきている詩人のこの発言は、今日とは違いまだ俳句がほとんど未知であった当時の西欧一般から見れば信じ難い現象と映っただろうが、リルケがまず鬼貫の一句に本当に圧倒された事実こそが重要と星野は捉え

ているのである。主観と客観の一致と、そこから開かれてくる世界を生と死が一体となった空間と時間の世界として求め苦渋していたリルケには、しかしこれはやはりうれしい驚きだったろうことは疑いを容れない。この特集も、フランス文壇で以前から美術との関連下に生じていたジャポニスム重視の流れをくむ一連の日本文化紹介のひとつであり、それは表現の象徴性や簡潔性を通してクーシューの指摘した俳句の「短い驚き」や「不連続性」にも関わる、サンボリスムに加えてイマジズムをも視野に入れたひとつの新しい文学運動だったと言えよう。さすがにリルケはたとえ翻訳を通してであれ、俳句の自然凝視とその凝視を極度に圧縮した詩語で瞬間を言い表す表現の働きを短詩のもっとも優れたものとして直ちに認めたということにほかならない。星野はリルケの俳句発見と鬼貫の句への高い評価がリルケ詩に様々の意味で影響を与えていった点を指摘し、その重要さを我々に喚起したのであった。

星野はさらに、リルケがこの出会いを受けた直後より死の直前までの六年間に創った三つの「ハイカイ」（Haï-Kaï）の全てと墓碑銘の薔薇の三行詩を掲げ、リルケにとって俳句が決して一過性のものではあり得なかったことを強調している。

この感動から同年九月初旬、早速試みられた三行詩、

ハイカイ

花を咲かすより実を結ぶ方がむずかしい
とはいっても　それは語る樹ではない、
愛という樹のことだ。

は、晩年期にもっとも親しかった女友達メルリーヌことバラディーヌ＝クロソウスカ（一八八六～一九六九）を念頭に創った作品である。彼女との愛の成就がいかに困難かという説明が主で、ほとんど箴言詩《しんげんし》となっているのは否定し難い。しかしこの「ハイカイ」が、困難な愛を何とか三行で表現し、三行詩を俳句に近づけようとしたリルケの最初の試みである点で星野の説く意義を持つのは、ほぼ間違いないだろう。第二作は三か月後の年末にうまれた。

ハイカイ

小さな蛾が身をよじらせ　ふるえながら黄楊《つげ》の木から出てくる。
彼らは今晩命絶え　まだ春ではなかったことを、
知らないままで終わるだろう。

意味は平明で、その年の一二月末がいかに暖かかったとはいえ、「黄楊の木から」「ふるえながら」はすかいによろめき出てきた「蛾」という微細な生物の動きに目をとめ、その生命が一瞬のうちに凝視された。リルケのように小さな「蛾」の群れに注目し、これを採り上げてわざわざ歌う詩人は西欧にはいないと星野は断言する。リルケの他に皆無かどうかは別にしても、生でありつつすでに死を宿した存在を見逃さずに捉えたのはやはりリルケと思われる。この眼差しは、リルケが熟成させてきた詩観に俳句を強く自覚した詩意識が加わったればこそ可能となったのであり、これこそ西欧の詩人には欠落していた視点と、星野は指摘している。

一九二六年、死の数か月前に創った三作目の「ハイカイ」は、フランス語に戻った。

ハイカイ

二〇もの化粧品の中から
彼女は探す　中身のいっぱいつまったひとつの瓶を、
石と化していた。

第一作でも詩対象とされたバラディーヌ＝クロソウスカの愛を詠んだものと星野は推定するが、三作の中では、これが句法には通じていなかったリルケにしてはもっとも俳句に近いと考えられる。またリルケは一九二五年、スイスの女流画家ゾフィー＝ジョーク（一八八七〜一九四三）宛のフランス語の手紙（一一月二六日付）の中で、彼女の画が日本の俳諧《ハイカイ》の世界を想起させるとし、クーシューの前掲のエッセイ（「日本の抒情的エピグラム」）から二九句を選び書き写している。そしてリルケが、俳諧《ハイカイ》においては「熟《う》れた果実のように摘み取られる」「目に見えるもの」が「確かな手のなかに置かれ」ても「重さを感じさせない」のは、「これが置かれるとすぐに目には見えないものを指示するように定められるからなのです」と述べたのは、可視のものを不可視のものへと変えながら不可視となったもの、つまり不在を現前させることで創られるもっとも純化された形象《フィグール》に宇宙を映し出す詩作要請を課した自分の詩界へと俳句を重ね合わせたからである。それは、俳人らが表面の現象だけで対象を見ず、対象内部の実相をこそ捉えて瞬間に詠うというまさしく同質の作業を行っているとして、彼が俳句を理解しようとしていたためであろう。

　この晩年の時期にはフランス語による短詩も数多く創られ、表現はしだいに平易になった。「ハイカイ」にも一部認められる箴言詩風の影はしだいにうすくなり、凝視の最後の深まりと表現のこの透明化とが見事に反比例する中で、有名な墓碑銘の薔薇の三行詩もあたかも最後の「ハイカイ」が再び現れたかのようにうまれている。

薔薇よ、おお　純粋な矛盾、歓喜《よろこび》よ
かぞえきれない瞼《まぶた》の蔭で　誰の眠りでもない
眠りであるという。

我々が注目するのは、星野が本詩について様々な解釈を検証したあとでこう解したことである。すなわち西欧では死は不吉であり不純なものと見なされてきたのに、自身も西欧圏に属すはずの死者が薔薇となって眠り、「誰の眠りでもない」無の「眠り」という「歓び」がたたえられているのだから、キリスト教の神に結びつかず祝福も受けない無の死がこのように歌われること自体が許され難い。しかしここでは、不吉で不純な無にすぎないはずの死者が年毎に咲き出て生と死が共存しあう薔薇と化す「歓喜《よろこび》」となる故に、これこそ「純粋な矛盾」そのものにほかならず、自分の死をこのように歌ったリルケはすでに西欧を越え出ていて、短詩型によってこそ最後の思想表現が可能と認識できる地点に達していた、つまり墓碑銘はまさしく彼の俳句そのものではないか、と説いたのである。

たしかにこの読解は大胆だが、俳句との関わりから見たひとつの卓見であろう。リルケがキリスト教から逃亡して、自身の固有の神を生と死がひとつとなった全一の開かれた世界に見出そうとしていたことは触れたが、星野はクーシューの俳句研究から直接の影響を受けたリルケが、墓碑銘を彼が理解した俳句＝「ハイカイ」に等しい三行詩で表現した事実を重視し、ここに行き着いたリルケの生死一如の東洋的世界と俳句表現との一致を見取っているわけである。リルケの到達思想と俳句を結びつけ、墓碑銘の三行詩にそのひとつの帰結を見る解釈は、星野ならではの、ほとんど最初のやはり独自の見解と言えよう。

一方、以前の詩「薔薇の内部」（Das Rosen-Innere『新詩集　別巻』）では「内陸湖《うみ》」と名づけら

れた薔薇は、

この内部にふさわしい外部は
どこにあるのか？

と歌われていた。しかしフランス語詩集『薔薇』（Les Roses　一九二七）の一詩節（XVII）では、

おお　目の演奏する音楽、
目に包まれ　囲まれて、
おまえは　まんなかで
触れられないものになる。

とされ、一時は「内陸湖」とまで言われた「内部」は「まんなか」の「触れられないもの」とのみ表される、きわめて具体的な薔薇の存在だけが浮上している。この詩集の別の詩節（XXIII）には薔薇は、

おまえの無数の在りようが　おまえに教えるのか

全てがひとつにまじり合うなかで、
言葉では言いきれない一致、虚無と共に在ることとの一致
わたしたちが知ってはいない　この一致を?

と歌われていることから、薔薇は、「虚無」と「在ること」(=存在)とがせめぎ合いながらまれに調和をひとつの奇蹟のように創る、内に数多くの矛盾を含み容れた、不在の現前としての形象《フィグール》となろう。

そうすると墓碑銘の三行詩の「瞼の蔭」は、『オルフォイスによせるソネット』第二部(XXVIII)の「とほうもない中心」(die unerhörte Mitte)にも通じ、死者にふさわしい「眠り」がこの「中心」に安置されると、「誰の眠りでもない」実体を欠く抽象化された「眠り」はそれ故もっとも純粋化されるとも言えるのだ。いずれにせよ「歓喜《よろこび》」の「眠り」こそは、不在(absence)を可視(現前présence:être)にするという、リルケのほとんどの最後の純粋願望だったのであろう。『薔薇』の別の詩節(VII)で「千の瞼」(mille paupières)、「千の眠り」(Mille sommeils)とも呼ばれた薔薇はついに「眠り」にほかならないのに、その「眠り」であるはずの薔薇は、やはり年毎にその「眠り」から目覚め、咲いては薫り歌いもするのだ。彼にとっての「眠り」とはそれゆえ、こうして人間と生存を共にしつつ開花し、なお同時に自身を深く閉ざしてもいる薔薇の「否定のない何処でもない所」(『ドゥイノの悲歌』「第八悲歌」第一節第一七行)を目指すという絶対矛盾、これ以

上の「矛盾」はない「純粋な矛盾」そのものを肯定できる「歓喜《よろこび》」にほかならなかったのである。

この詩が、星野の説く脱西欧と俳句への視点のみからでは解しきれない要素を含むことも了解されようが、代表的な既解釈とこれとをつきあわせてみたとき、三行に短縮化された極度の簡潔さにもっとも重い詩人思想が言い表された表現事実こそは、星野の見解が並置されて初めてさらに理解が容易になると考えられるのである。まさしく俳句までも詩作創造の視圏内に見据えていたリルケのこの巨きさこそ、リルケが西欧の厚い壁を越え、一部の研究者や愛好家の専有物から文字通り世界に解放された、それ故一過性のブームとは無縁なところで静かに繰り返し読まれるに値する理由と言えよう。大仰ではない、落ちついた読まれ方こそ、この詩人にはふさわしい受容なのである。リルケで出発した星野が、こうしてゲーテや俳句を循環してまたリルケに還り着いたのも、この大きな迂回こそが彼にはもっとも重い詩の問題にほかならなかったと、いま理解されてくるのである。

引用された各翻訳に関しては、すでに定評のある星野訳をゆっくり味わっていただきたい。特に訳詩は音読すればさらに意味がわかりやすくなるものばかりなので、あらためて原語への関心が喚び起こされるかもしれない。そんなふうに自由に、親しみを込めて著者は読者に語りかけているのだ。さあ、一緒にリルケを読もう、リルケの声に虚心に耳を傾けよう、と言って。

ところで本文の最後に、リルケの一人娘ルート（一九〇一～七二　再婚してフリッチェ＝リルケ夫人）と、オーストリアの女流俳人インマ＝フォン＝ボードマースホーフ（一八九五～一九八二）の興味深い訪問記が載っている。いうまでもなくルートは、妻クララ（一八七八～一九五四）との間の一人娘である。星野が一九六三（昭和三八）年、ハンブルク大学日本学科《ヤパノロギー・ゼミナール》で一年間日本語を教えるために初めて渡独した当時、彼女はブレーメン近郊の小村フィッシャーフーデに住んでいた。生後まもなくよりほとんど父とは離れ、母と暮らしたルート、星野がその名を数枚の写真や活字を通してのみ身近に知っており、六二歳になっていたその人に直接会い、遅い午後の数時間を膝を交えて語り合ったことは、彼にとって忘れ難い記憶となった。この折の語らいについては、「リルケ文庫訪問記」（『外国文学修業』大門出版　一九六六　収載）に記されている。

またボードマースホーフ女史に関しても星野は、彼女の「文学の一大事件」と評され多大の持続する影響力を持つことになったドイツ語圏では初めてのドイツ語の句集『ハイク』（Haiku　一九六二）の紹介を、月刊誌「俳句」（一九六三年四、五月号、角川書店）に、「ラーストバッハ訪問記」を翌年の同誌一月号に、第二句集『日時計』（Sonnenuhr　一九七〇）の紹介を同誌一九七一年四月号にそれぞれ行っている。

彼女は、ヘルダリーンの再発見者で画期的な全集を編集刊行したノルベルト＝フォン＝ヘリングラート（一八八八～一九一六）の婚約者で、リルケは彼女を通してヘリングラートを知り、ヴェルダンで散華したこの青年を敬愛しヘルダリーンに打ち込んだ経緯がある。彼女は以後後進の指導にもあたり、さらに二冊の句集（うち一冊が前述の『日時計』）を出し句境を深めていった。『ハイク』に付された彼女の言葉「本句集の作品は日本のオリジナルの句の物真似ではない。著者が自分で創った俳句《ハイク》である。どの作品もみな、日本の詩型の持つ内的な感動と諧音とを西欧の思考法によっても我々の表現する世界へと移せることを証明していよう。知性と形式的構成が抒情詩を支配しつつくそうとしている現代では、直観による形象をもとめる俳句《ハイク》は、まさしくこれに対極する存在にほかならない」からも、彼女が俳句への明確な創造意識と句法に基づいて句作したことがわかるだろう。第二次大戦直後に最初に俳句と出会い、長い研鑽のあと実に一六年目にして本格的な処女句集をまとめた欧州のこの卓越した女流実作家の存在は、俳句への異言語の人々による本質的な理解はごく少数の秀でた詩人や文学者にとってすらまず不可能と考えられていたひとつの限界が見事に突破され、ドイツ語という異言語でありながら、そしてそれ故の試作にはありがちの未熟さを帯びつつも、これがひとつの高いレベルで確かに結実していた事実を、異言語による俳句の誕生の意味を星野にあらためて認識させたのであった。

「なぜリルケの詩は世界的に読まれるのか」と、著者が第I章の始めに掲げたこの副題に沿い、そこでは触れられていないいくつかの諸点も補いながらリルケと星野慎一をめぐり試みた私の序論もこの辺りで終わろう。

なお拙稿中で引用の書物、特に単行本については、巻末の参考文献の中に一部重複して掲出したことを言い添える。

I

東西を越えた彼岸に

なぜリルケの詩は世界的に読まれるのか

二〇世紀にはドイツにも多くのすぐれた詩人たちが現れた。その中でもいちばん世界的に広く読まれているのは、リルケの詩である。

それは、なぜであろうか。リルケの詩の持つ世界的な意味とは、いったい何であるか。彼の詩が多くの国境を越えて世界の人々の心情に沁み入る力は、どこからくるのか。詩人の生涯や作品のあとを辿る前に、この本質的な問題にひかりをあててみるのは、リルケを正しく理解するために欠くことのできない大切な手順のように思われる。

神の探究者リルケ

リルケは一八七五年に生まれ、一九二六年に没した。死んだ日が一二月二九日だったので、日本流にいうと、明治八年に生まれ昭和元年に亡くなったことになる。享年五一歳であった。芭蕉とほぼ同じ歳月を生きていたことになる。現代人としてはけっして長生きの方ではなかった。彼は島崎藤村（一八七二～一九四三）よりは三歳年下で、柳田国男（一八七五～一九六二）やトーマス＝マン（一八七五～一九五五）と同年輩であった。

リルケの生きた時代は、社会的に不安な動揺がつづいた。一九世紀後半のヨーロッパは近代化の波に洗われ、都市は急激に変貌した。甕《かめ》で水を汲んでいた時代は去り、水道が登場した。ランプはガス灯に、そしてやがて電灯に変わった。

精神的分野においても変転がつづいた。キリスト教は衰弱し、ともすれば偽善のかくれみのとなった。「神は死んだ」と叫んだニーチェ（一八四四〜一九〇〇）による価値観の顚覆《てんぷく》は、ヨーロッパに大きな衝撃を与え、新たな混乱を引き起こした。

マルクス主義はまだ社会的実践の力を持っておらず、資本家と労働者は烈しく対立していた。急速に発展した後進国ドイツは、市場獲得のため、二〇世紀に入ると第一次世界大戦へと突き進んだ。敗戦のあと、社会秩序の回復は容易ではなかった。そこへアメリカからマス・プロダクションが導入され、人間は機械に圧倒されそうになった。

このような不安定な時代に生きながら、詩人リルケは人間存在の本質を真剣に追求しつづけた。そしてそれを詩に表現することが、彼の文学の命題となった。

人間にとって動かしがたい根元的なものを追求すること自身が、彼にとっては人間存在の本質への探求であった。人間の存在の根元を深く暗示する象徴的なものへ、さまざまの視座から迫ってゆく。それが、彼の詩であった。そしてその探求の対象となったものを、彼は神と名づけた。その意味では、彼は生涯神の探求者であった。

彼の神の詩想は年齢とともに豊かな変貌を重ね、晩年の二詩群『ドゥイノの哀歌』や『オルフォイスにささげるソネット』においてその究極の境地に到達しているが、その根底にある詩的情想はどのような形から出発したのであろうか。

どんな偉大な詩人でも、習作時代には月並みの作品を残している例が少なくない。リルケも年少のころ矢つぎばやに模倣的な恋愛詩をたくさん作ったことを深く後悔し、生前再びそれらの詩の刊行をゆるさなかった。彼が固有の詩風の端緒をつかんだのは、第六詩集『わが祝いのために』(Mir zur Feier 一八九九)においてであった。題名からも詩人はひそかに期するところがあったのであろう。編集を終わったあと尊敬する先輩シュテファン=ゲオルゲに、「今度のものをもって、最初の、真摯《しんし》な、厳粛な詩集として出直すつもりです」(一八九九年四月七日)と、書き送っている。

リルケの詩の出発点

この詩集の中には、リルケの詩人としての基本的な情感が至るところに吐露されている。リルケの登りつめた晩年の詩想は一見はるかに複雑難解に見えるけれども、この出発点の詩的情感をしみじみと噛みしめてみるならば、その両者のあいだにきわめて深い脈絡の秘められてあることが、おのずから解けてくるのである。

いま、こころみに、この詩集の中から私の好きな一詩をとりだして、リルケの基本的な詩的情感について考えてみることにしよう。

たれか　わたしに　言える人があろうか、
どこへ　わたしのいのちが　辿りつくかを。
わたしは　嵐の最中《さなか》にも　漂《ただよ》いさすらう、

池を住処《すみか》とする　波ではないのか。
それとも　また　蒼白くほのかに凍る、
早春の　白樺ではないのか。

これは一八九八年一月一一日、当時のベルリン近郊ヴィルマースドルフで作られた詩篇である。彼は二二歳になったばかりだったが、このころから固有の詩風が確立したと見るべきである。ちょうどゼーゼンハイム時代のゲーテや、『若菜集』を編んだころの島崎藤村のように、固有の詩境へ入った詩人たちを想像すればよろしいと思う。

この詩はわずか六行の無題の小詩にすぎないが、リルケの本質をいみじくも言いあらわしている。詩人は自然の中へ身を投じ、自然と一体となろうとしている。この心境には、立石寺《りっしゃくじ》の森の閑《しず》けさの中に岩にしみ入る蟬の声を聴きとった芭蕉や、紀伊国《きのくに》の高野の奥の山寺にただひとり杉の雫《しずく》を聴きあかした良寛（一七五八〜一八三一）の詩境などと、相通うなにものかがある。詩人は自然の中に没入して、万象と生命の交感をおぼえている。自然と一つになり、事物と一体となろうとする心情の表白である。ここにリルケの詩の出発点がある。彼の主要なテーマである神や事物や空間の諸概念、つまりはリルケ文学の主要テーマは、みな、この基本的な詩的情感から出発している、と私は考えている。

「私のいのちがどこへ辿りつくかは、誰にもわからない。私は池にすむ波かも知れないし、早春の白樺かも知れない……」という詩人の予感は、そのとおり彼の人生の歩みの中にも浸透していった。狭いドイツは彼をしばることができなかった。飛行機がまだ交通機関ではなかったころ、北はロシア、スウェーデンから、南はイタリア、スペイン、エジプトに至るまで、彼は生涯転々として一所不住の旅に日を送ったのである。スラヴ的、フランス的要素も多分に彼の本質の中へ沁み込んでいった。かの「月日は百代の過客にして、行かふ年も又旅人也……」という芭蕉の感慨は、まったく近代的な意味において、リルケの中にも生きている。

世界の人々の共感

このような詩的発想は、西欧ではきわめてまれであると言わねばならない。ギリシア、ローマ、ヘブライ文化を伝統としている西欧では、自然を見る目がつねに人間中心におかれている。神はみずからのかたちに似せて人間を造り、その人間に、みずから造った自然や、そこに住む動植物たちをも自由に利用することをゆるしたのである。それゆえ自然は人間が征服して利用すべきものであって、そこに没入して神性を感ずるような発想は、異教徒的な姿でなければならない。

造ったものと造られたものとのあいだには、乗りこえることのできない二分性の壁がある。自然を研究し利用することが、人間に与えられた自然にたいする姿勢である。ここにも二分的な考え方が働いていて、西欧における自然科学発達の原動力となったが、そこからは、自然に没入する山川草木悉有仏性《しっう》の世界観は生まれて来なかった。

リルケの神の概念の根底に異教徒的な要素が秘められてあることは、リルケの詩がヨーロッパ圏からばかりでなく、広く世界の人々からも深く共感を呼ぶようになった原動力となっている。

世界の人々が他国の文学に興味を持つということは、どういうことか。この意味での「世界文学」という発想と言葉を初めて用いた人は、ゲーテである（『エッカーマンとの対話』一八二七年一月三一日の項参照）。その内容をかいつまんで言えば、次のようになる。「どの国の文学も、外国文学を摂取しなければ衰弱する。どの国にも、その国固有の生き方と文学がある。それが個性的であればあるほど、普遍的である。その理《ことわり》を深く理解して、心ひろく他国の文学に学ばねばならない。」

当時ドイツにはロマン主義文学がさかんで、懐古的、国粋的な傾向がきわめて強かったので、その傾向に警告を与えようとする気持ちもあっての言葉でもあるが、もともとこの考え方には動かぬ普遍妥当性があるのであって、例えば日本の俳句が今日世界的脚光を浴びているのも、この理念に解明の鍵を求めることができるのである。

ゲーテの世界文学の理念は今日からみればきわめて常識的なことであるが、一九世紀初葉においてはけっして一般的に理解されてはいなかったのである。当時のヨーロッパ人は世界をリードしているのはわれわれであるという自負心が強く、ギリシア・ローマ文化には深い敬意を払っていたが、西欧文学以外の文学に目をひらこうとする気風などは、まったくなかった。それゆえ、ゲーテが中世のペルシアの詩を学んで『西東詩集』を一八一九年に上梓したときにも、異教徒の文学がヨーロッパ人を教え得る筈がない、と世評はきわめてひややかであった。しかし時間の推移とともに、

『西東詩集』がドイツ抒情詩にゆたかな稔《みの》りをもたらしたことを、やがて人々も深く知るようになった。ドイツの詩の世界がそれだけ大きく広がったのである。この詩集は今では世界の人々からも、感銘をもって迎えられている。ゲーテの詩が今日に至るまで広く読まれている最大の理由は、彼の詩がいわゆる紋切型の西欧的世界を逸脱して異教的な空間をも悠然と眺めているからにほかならない。

「中国人の巧みな絵筆のように」

さて、世界文学の理念からリルケの詩を考えてみると、どういうことになるのか。彼の詩にはギリシア・ローマ文化のほかに異教的要素がまじり合って、そこから在来のヨーロッパには見られなかったものが生まれ、それが他国の読者にも清新な魅力を与えているのだ。

リルケは一九世紀末葉二三歳の折、ヴォルプスヴェーデという画家村を訪れた。それは北ドイツの広大な平原で、そこには数人の若い画家たちが自然のふところにとけこんで、その神秘な深いすがたを描こうとしていた。リルケにはその当時の印象を語る『ヴォルプスヴェーデ』（Worpswede 一九〇三）という画家論がある。彼はその中で次のように語っている。

「自然は天命を持っている。けっして偶然ではない。どの一ひらの落葉《らくよう》も、舞い落ちながら宇宙の最大の法則の一つをみたしている。けっしてためらうことなく、悠容《ゆうよう》迫らずにおこなわれるこの合法性こそが、自然に深い天命を与えているのである。」

自然の中にひそむ神秘な力を感じとるこの言葉は、はからずも「凡眼を以て観ること莫《なか》れ。凡情を以て念《おも》ふこと莫れ。一莖草《けいそう》、一微塵《みじん》に入りて大法輪《ほうりん》を轉《てん》ぜよ」という道元の言葉を想い出させるものがある。ここにも、リルケの詩人としての基本感情のあらわれを見ることができる。

生涯みずからの神を求めながらリルケが辿りついたところは、『オルフォイスにささげるソネット』（Die Sonette an Orpheus）の世界であった。第一部第三ソネットの最終スタンザに次のような詩句がある。

恋の叫びを高らかにあげたことを　忘れよ
それは　空しく　消え去るにすぎない
真実に歌うとは　別の次元の息吹きだ
無をめぐる息吹き　神の中のゆらめき　風なのだ

「無をめぐる息吹き」「神の中のゆらめき」「風なのだ」の世界こそ、リルケが彼の認識の極北において凝視した神のあらわれなのである。つづく第四ソネットの「微風」（die Lüfte 空気の複数）、「空間」（die Räume 空間の複数）などの表現も同じ概念である。これは仏教哲学の「空」や「無」などの概念ときわめて近い。これを西欧哲学者に説明すると、途方もなく複雑になる。

リルケから『オルフォイス』の贈呈をうけたホーフマンスタール（一八七四～一九二九）は、その礼状の中に、リルケの詩にたいする詩人らしいすぐれた観察を書き送っている。

「ほとんど言いあらわし得ない領域に、あなたが新たに表現の世界を切りひらかれたことは、これらの詩の驚嘆すべき点のように思われます。中国人のすばらしく巧みな絵筆のように微妙な思想をいみじくも描きだしているその美しさと確実さとに、いくたびとなく私は感服いたしました。英知と韻律の美とが渾然として一体をなしています。」（一九二三年五月二五日）

ホーフマンスタール　リルケの深い理解者のひとり。

リルケの表現の空間的なタッチを中国の墨絵の筆の運びになぞらえているのは、さすがにホーフマンスタールの卓見と言えよう。このすぐれた詩人の感覚は、リルケの晩年詩の表現法の根底を一言にして鋭く捉えている。

三人の天才的詩人

一九世紀末から二〇世紀初頭にかけてゲオルゲ、ホーフマンスタール、リルケの三人の天才的な詩人が輩出してドイツ抒情詩を世界的水準にたかめたことは、今日では詩壇の常識となっている。

シュテファン＝ゲオルゲ（一八六八～一九三三）はホーフマンスタールより六歳年上、リルケはホーフマンスタールよりさらに一歳年下であった。だが、三人の詩壇における位置づけには格段の差があった。

ゲオルゲは傲然とそびえる巨塔のように詩壇を睥睨《へいげい》する存在であった。彼にはカリスマ的資質と風貌があって、その高踏的な詩風は一世を風靡する観があった。単なる詩人というよりは、むしろ予言者・告知者としてたかい国民的な尊敬をうけていた。みずから宗匠《そうしょう》をもって任じ、彼の周囲に集まる詩人たちを門弟と呼んだ。さながら詩壇に君臨する王者であった。このような在り方は西欧ではまったくまれなすがたであった。

ホーフマンスタールはゲオルゲより六歳も年下ではあったが、早熟な天才であった彼は最初からゲオルゲにたいして対等な独立的詩人の自負を持っていた。彼はゲオルゲやリルケのように沢山の詩を作ったわけでもなく、早くから劇作に転じたこともあって、代表的な詩篇はほとんど一〇代に作られたものである。にもかかわらず詩人としてゲオルゲやリルケと並び称せられるには、それなりの理由があった。感性と知性の、また、形象と観念のゆたかに照応する端正な詩風は、読む人々に清新なおどろきを与えた。のびのびとした快いリズムの中に在来のドイツ詩には見られないロマーニッシュな世界が感じとられた。彼はまもなく「若きウィーン派」の代表作家と見なされ、ワイルド（一八五四〜一九〇〇）やメーテルリンク（一八六二〜一九四九）と併称されるヨーロッパ文壇の星となった。

リルケはホーフマンスタールより一歳年下で、彼も早くから詩を書いていたが、詩壇における彼の地位は、二人に比べて雲壌《うんじょう》の差があった。ホーフマンスタールの詩篇の数は少ないので、現在のリルケとの比較はあまり意味がないかも知れないが、生涯抒情詩人として仰がれたゲオルゲとリルケとの評価の変遷の比較は、リルケの詩がなぜ今日世界的に広く読まれるようになったかという疑問にたいする一つの解答ともなるであろう。

リルケとゲオルゲ

リルケは一八九七年一二月初旬、ちょうど二二歳になったばかりのころ、ゲオルゲの朗読会に誘われて出席したあと、その感動をゲオルゲ自身にこう書き送っている。「会員によって選ばれる『芸術草紙』のかぎられた読者の仲間へ加えていただくことは、私の乞い求めている特権であります。」さながら師にたいする慇懃《いんぎん》な態度である。

ゲオルゲは生涯リルケの師匠的先輩格として存在した。そしてゲオルゲをとりまく人たちからリルケは長い間黙殺されていた。リルケ文学が彼を知る少数の人たちの範囲を越えて広い批評の世界に登場するようになったのは、一九三〇年代に入ってからである。つまり、リルケの死後のことである。この事実は、フリッツ＝シュトリヒ（一八八二〜一九六三）やフリードリヒ＝グンドルフ（一八八〇〜一九三一）らの所見によっても明らかである。

ゲオルゲが芸術至上主義から宗教的な世界観にうつり、さらに民族主義時代に成熟してゆくあいだに、リルケはこつこつと自分の神を探究しつづけた。彼らはおのずから二つの異なった峰のようにわかれて聳え立ったのである。したがってゲオルゲのリルケにたいする影響は、アルフレート＝シェーア（一八七四〜一九五三）宛（一九二四年二月二六日）、ヘルマン＝ポングス（一八八九〜一九七九）宛（同年八月一七日）の書簡で吐露した晩年のリルケの告白にもあるように、言葉の持つ圧倒的なリズムの感銘にあったので、それ以上の深いつながりを求めることはできない。

リルケがゲオルゲと同格に評価されるようになったのは、彼の没後一九三〇年代に入ってからであるが、第二次世界大戦を経過した今日では、彼らにたいする詩的評価は大きく逆転している。その理由は、どこにあるのか。

ゲオルゲの詩は美と高貴から出発してドイツ人と南欧的要素の渾融《こんゆう》する「新しい国」に執着した。近代産業の発展に伴って外面的な幸福や美を追求する風潮が生まれ、やがて平俗と軽薄が社会の支配的傾向となった。この世相の堕落に颯爽《さっそう》と戦いを挑んだのが、ゲオルゲの芸術至上主義の宣言であった。多くの詩人たちや詩性ゆたかな学者たちが彼の門を叩いたのも、うべなるかなというべきである。人間の尊厳と品位を現代に復活しようとする詩人の強烈な意志が、心ある人々の共感を呼んだのである。

しかしながら、ゲオルゲの詩業に見られるものは、カトリック的、南欧的、白人種的自尊の世界であって、高踏的なかぎられた空間であった。それに比べるとリルケの詩に詠われた人間観、世界観は、なるほどギリシア・南欧の世界を仰ぎ見る西欧的姿勢に変わりないにせよ、その到達した山頂は、西欧を逸脱した異教徒的な空間をも、おおらかに、ゆたかに、眺め、その中に終《つい》の住処《すみか》を求めているのだ。これこそが、リルケの詩がゲオルゲの詩に比してより広く世界の人々の心に訴える最大の理由であろう。

リルケと俳句

俳句を意識した墓碑銘　一九二五年一〇月リルケは遺書を書いた。そして次の三行詩をみずからの墓碑銘として刻むよう依頼した。

Rose, oh reiner Widerspruch, Lust,
Niemandes Schlaf zu sein unter soviel
Lidern.

薔薇よ、おお純粋な矛盾、
誰の眠りでもない眠りを　あまたの瞼《まぶた》の陰にやどす
歓《よろこ》びよ。

この詩はリルケの晩年の詩境をよくあらわしている。また、難解で、多様な解釈のあることでも有名である。薔薇がなぜ矛盾なのか。「純粋な矛盾」とはどんな矛盾なのか。「誰の眠りでもない眠り」とは、何を意味しているのか。などなど、議論は活発である。この詩の解釈をめぐってドイツの学者や評論家のあいだには、異なった多くの見解がある。

一九八三年、西オーストラリア大学のヨーアヒム＝ヴォルフ氏は『リルケの墓碑銘』（一九八三）という一書を上梓、この詩についての在来の解釈二十数編を紹介し、それらに思想的、語法的な角度から検討を加え、理解の異同を明らかにした。そして最後にみずからの見解をも明らかにしている。それほどに多様な解釈が存在している。

しかし私は、それにもう一つの解釈の可能性をつけ加える必要を感じている。リルケの晩年詩は——ゲーテの場合のように——ギリシア・ヘブライ文化の西欧的伝統から逸脱して東洋的思考の世界へも踏み込んでいるのであるから、その視点からの考察も等閑視されてはならぬことを指摘しなければならない。もっと具体的にいうならば、この詩はリルケの俳句ではないのか、少なくとも俳句を意識して作ったのではないのか、というのが、私の考えである。このパラグラフにおいて、リルケの墓碑銘と俳句との内面的脈絡を追究してみよう。

リルケの墓碑銘　リルケの墓には薔薇の詩が刻まれている。

「リルケは手を洗うときも詩人であった」

遺書を書いた翌年の一九二六年一二月二九日、

ライナー＝マリア＝リルケは死んだ。彼は晩年スイスのミュゾットの山の中に中世からあった館《やかた》を借りて住んでいた。水道も電灯もない生活であった。しまいには家政婦にも逃げられてしまい、それは、まったく孤独な終の住処《すみか》であった。彼は深夜、蠟燭《ろうそく》の灯《ともしび》のもと、壁間を走り回る鼠の騒音を聞きながら遺書の筆をすすめたのである。ここにリルケを訪ねたポール＝ヴァレリー（一八七一～一九四五）は、リルケの死後、その印象を次のように追想している。

「大きな、うら悲しい山地に建てられた、恐ろしいほどに寂しい、いともささやかな館。くすんだ家具や狭い窓をもった、古風な、瞑想的な、もろもろの部屋。それが私の胸をしめつけました。私の想像力は、あなたのどの部屋からも、完全に隔離された心情のかぎりない独白《モノローグ》を聴き出さざるを得ませんでした。永遠の冬の長さを、静寂との熱狂的親しさの中に暮らすかくまでに孤独な生活が可能であろうとは、想像もつきませんでした。親愛なリルケよ、あなたは、純粋な時間の中に閉じ込められているようにさえ思われました。」

よく世間では詩人の孤独などというけれども、こういう境地は、むしろ、日本の詩人、西行や芭蕉や良寛などの生き方に非常に近いのである。リルケの魅力は、西欧の奥行きの深さに東洋的な世界がプラスされているところにある。

彼は生涯において、尊敬する芸術上の先輩からかずかずの影響をうけた。若いころのデトレフ＝フォン＝リーリエンクローン（一八四四～一九〇九）、ゲオルゲ。ロシア旅行前後のレフ＝N＝トルストイ（一八二八～一九一〇）、イェンス＝ペーター＝ヤコブセン（一八四七～八五）、フョードル＝ドストエフスキイ（一八二一～八一）。パリに出たころのフランスの詩人たち。シャルル＝ボードレール（一八二一～六七）、ステファヌ＝マラルメ（一八四二～九八）、フランシス＝ジャム（一八六八～一九三八）らにたいする傾倒。ロダンの圧倒的な影響。エミール＝ヴェラーレン（一八五五～一九一六）やポール＝セザンヌへの尊敬と愛情。エル＝グレコ（一五四一～一六一四）にたいする驚嘆。アウグスト＝ストリンドベリ（一八四九～一九一二）、セーレン＝キルケゴール（一八一三～五五）、フリードリヒ＝ヘルダリーン（一七七〇～一八四三）との新たなめぐり逢い。ポール＝ヴァレリーに捧げる謙虚と献身、などなど。要するに、リルケは、西欧芸術の真髄に味到《みとう》したすぐれた西欧の詩人であった。にもかかわらず、彼の詩の中に東洋への脈絡が深く存在するのは、それだけ、振幅のゆたかさをわれわれに語るものといえよう。

「リルケは手を洗うときも詩人であった」と、友人ルードルフ＝カスナー（一八七三～一九五九）は、彼を評している。哲学的詮索をリルケは好まなかった。哲学書など読んだことがない、と彼自身語っている。詩人として生き、詩人として生涯をとじた彼は、「歌は存在である」と詠った。詩の動かすことのできない存在価値を主張したのである。

俳句への感銘

リルケは晩年日本の俳句に出会って異常な感銘をうけた。俳句が禅と深い内的な脈絡を持っていることを発見し、指摘したのは、西欧の学者や詩人たちであった。リルケ自身は俳句にたいして特別な知識があったわけではなかったが、詩人的直観によって、晩年、俳句に感動し得る詩境にあった。

俳句にたいしていちはやく反応を示したのは、フランスの詩人たちだった。ポール＝ルイ＝クーシューは、一九〇六年、フランスで最初の俳句の翻訳を雑誌「文芸《レーレットル》」に発表した。そこには、彼の俳句研究「日本の抒情的エピグラム」という一文も掲載されていた。このことはフランス文壇に大きな反響を呼びおこし、俳句が凝縮したフランス短詩の出発点になったとさえいわれた。これより四七年後の一九五三（昭和二七）年来日したフランスの作家ジュール＝ロマン（一八八五～一九七二）は、往訪《おうほう》の記者たちにたいして、「私は一六年前（一九三六年）に一度日本を訪ねようと思ったことがありました。その理由は、フランスの象徴主義に大きな影響を与えた日本の俳句を思い、この鋭い詩形式を生んだ日本を一度見たかったからでした」と語った。それほど「文芸《レーレットル》」誌の影響が大きかったことが理解できるのである。

俳句が「文芸《レーレットル》」に初めて紹介されてより一四年後、第一次世界大戦が終わったあと、フランスにふたたび俳句熱のよみがえるときが来た。一九二〇（大正九）年九月、有力な文芸誌「新フランス評論《エヌ・エル・エフ》」が「ハイカイ」(Haï-kaïs) の翻訳を十数ページにわたって掲載したのである。ブルトン、エリュアール、クーシュー、及びその他九人の作家たちによって八二句の「ハイカイ」が紹介された。日本の三行詩は、これによって広く知られるようになった。リルケはそれを読んで深く打たれた。知友グーディ＝ネルケ夫人に、その感動を次のように書き送っている。

「ハイカイと呼ばれる日本の短い三行詩をご存じですか。『新フランス評論《エヌ・エル・エフ》』がその簡潔な形式

の中に比類なく成熟した、純粋な詩の翻訳を、つい最近発表したばかりです。例えば、

Elles s'épanouissent,–alors
On les regarde,–alors les fleurs
Se flétrissent,–alors...

咲くからに
見るからに　花の
散るからに

ただ、それだけです！　まったくすばらしい！」（一九二〇年九月四日）

原句は便宜上私が挿入したものである。原作は上島鬼貫《うえじまおにつら》の『仏兄《さとえ》七久留万』の中の一句。リルケは訳をとおして原詩の深さを見ぬいている。すばらしい詩的直観と言うべきである。この句の特徴を「美しく、かつ、無限に向かって完全に開かれている」と、彼は評している。この評は、私に、リルケの晩年詩を墨絵的と評したホーフマンスタールの言葉を想起させる。リルケの晩年詩の表現は、彼が俳諧詩から学んだ東洋的な表現、「簡潔」、「暗示力」、「短い驚き」などと、けっして無縁

ではない。『ドゥイノの哀歌』も『オルフォイスにささげるソネット』も、その他すぐれた晩年詩も、すべて彼が俳句への驚嘆を体験したのちの作品である（初期の哀歌の一部はそうではないが）。

ネルケ夫人の厚意

ところで、リルケが俳諧についての感動をネルケ夫人に書き送ったのには、それなりの理由があった。ここで夫人についていささか触れておく必要があるであろう。

リルケは第一次大戦の終焉をミュンヒェンで迎えた。戦後の騒乱にあけくれたこの町の窒息しそうな空気から脱出する機会を詩人に与えてくれたのは、スイスのチューリヒ文学会からの招待であった。

終戦の翌年一九一九年六月中旬、彼はミュンヒェンを出発した。が、周囲の諸国が戦争で疲弊したあとだったので、大都市チューリヒでの生活は、詩人が予想したような、静かな落ち着いたものではなかった。それが詩人をいらだたせ、不安に陥れた。スイスへ来て七週間もたってから、ついにある友のすすめに従い、イタリア国境に近い谷合いの村ソリオへ移る決心をした。彼はこの旅を「チューリヒからの第二の脱出」と名づけ、断たれた創作の糸口を見出そうとしたのである。

ソリオは戸数わずか三〇軒ばかりのささやかな山村。坂道の中程に教会がある。宗旨は新教。無住の建物である。坂はゆるやかに延びてイタリア領に入る。カスターニエン（トチ）の老木がいたる所に茂っている。村の家並みの中に古い館が見える。格子戸のはまった三階半建ての構えである。

今は改装されてペンション＝ヴィリーと呼ばれる田舎ホテルになっている。もとはドイツ系スイス人貴族の邸宅であった。

一九一九（大正八）年七月二八日日曜日、リルケは郵便馬車に投じてこのホテルへ到達した。その日は涼しい夏の日であった。翌日彼は知友ユングハンス夫妻（ルードルフ＝ラインホルト＝ユングハンス一八八四〜一九六七、インガ＝ユングハンス一八八六〜一九六二）に、こう報じている。

「……一二時半、ちょうどランチタイムにザーリス宮殿（ペンション＝ヴィリーのこと）の前に到着いたしました。私はそこで皆さんに迎えられました。沢山の郵便物が私を待っていました。あなた方がご存じの、あの一階の古い食堂で昼食をとりました。……私の近くの窓際の円いテーブルに四人の美しい子供たちと一人の日本人らしい家政婦とをつれた婦人がおりました。」リルケがここで記している婦人がグーディ＝ネルケ夫人であった。

正式にはアウグステ＝ネルケという。詩人はまったくふとしためぐり逢いからネルケ夫人を識り、彼女の厚意によって長いあいだ求めていた静かな避難所を、このソリオの地に初めて見出すことができた。

彼女は夫君ハンス＝ネルケに従い、一九〇五（明治三八）年から一九一四（大正三）年まで日本に滞在した。機械技師であった夫は三井と活発な関係にあったが、第一次大戦のため帰国し、一九一七年暮急逝した。夫人は戦後母の故郷スイスに移り住み、肺患を療養していた。彼女の事情はリルケ同様、ドイツ本国で増大しつつあったインフレのためみじめな状態にあった。はからずも二人はソリオの食堂で知り合う仲となったが、二人の友情は詩人の晩年まで美しい文通となってつづいた。スイス滞在中しばしばリルケは、彼女の厚意によって生活的危機を救われた。

リルケの書簡中「四人の子供」とあるのは、三人の誤りである。二男一女であった。日本人らしい家政婦とは、松本あさと呼ぶ日本女性。病弱の夫人のため家政を助けていた。夫妻の信頼が厚く、日本から一緒に来たのであろう。当時三三歳の女性であった。詩人のネルケ夫人に宛てた手紙には、故国を遠く離れたあさ女の安否に、しばしば温かい心遣いが示されている。詩人が俳句への驚嘆をいち早くネルケ夫人に伝えたのは、心情的にもまことによく理解できる。

「ヨーロッパ人の気づかずに来た別の世界の詩」

リルケはなぜ俳句に強く惹かれたのか。彼は日本語がわかったわけではない。俳句の本質をとくべつ勉強したわけでもない。にもかかわらず、このような感動をおぼえたのは、やはり鋭い詩人的直観がとっさに働いたからであろう。

それについて想い出されるのは、ヨーロッパ俳句の始祖といわれているオーストリアの閨秀《けいしゅう》詩人インマ＝フォン＝ボードマースホーフ女史を、昭和三八（一九六三）年の夏ラーストバッハの古城に訪れたとき、私の質問に答えて語った彼女の言葉である（序論三〇～三二頁参照）。

「どうしてあなたが俳句に興味を持たれるようになったのか、おうかがいしたいのです。」

「ヨーロッパ人に生まれ、ヨーロッパの文化の中に育ってきた私は、一七年前俳句の翻訳に出会ったとき、身のひきしまるような新鮮さを感じました。ヨーロッパには昔からすぐれた詩人たちがおりましたし、今もいるかも知れませんが、彼らの詩には見られない世界が感じられたのです。」

「それは、どういう世界ですか。」

「一口でいうのはむずかしいことですが、つまり、ヨーロッパにはない別の詩、ヨーロッパ人が気づかずに来た別の世界の詩、しかもそれがみずみずしく心に迫ってくる。そういうものを感じました。ヨーロッパの詩をたくさん読んであきあきしていたところへ、突然別の詩の世界がひらけ、それに惹かれていったという感じでした。それから、私なりの俳句追求が始まったのです。」

彼女は、俳句にたいする感動をネルケ夫人に伝えたリルケの心境を、彼女自身の言葉で語ってくれたようにも思える。一七年の精進の結果、彼女は処女句集『ハイク』を刊行した。エルヴィン＝ヤーン（一八九〇～一九六四）教授をして「一つの文学的事件」と言わしめた一巻である。

彼女が語った「ヨーロッパ人が気づかずに来た別の世界の詩」とは、何を意味しているのか。それは、俳句詩人の自然にたいする見方が西欧的伝統には見られない清新さを彼女に与えたからであろう。リルケも同じことを感じたにちがいない。西欧の心をもって日本を深く見つめたラフカディオ＝ハーン（小泉八雲、一八五〇～一九〇四）は、その随想集『東の国から』（一八九五）の中で、この点に触れて次のように語っている。

「おなじ〈自然〉を見るにしても、われわれ西洋人は、東洋人が見るようなぐあいに〈自然〉を見ていない。東洋芸術が〈自然〉をこう見るものだと教えているようには、われわれは見ていない。

われわれは、東洋人ほど、〈自然〉をリアリスティックに見ていないし、また、そう〈自然〉をくわしく知ってもいない……じっさい、日本人は、われわれ西洋人が幾千年ものあいだ、自然の中に見のこしてきたものを、じつによく見ている。われわれは、こんにち、われわれが今までまったく目をつぶって見ずにきたものに、かえって生命の諸相と形態美のあることを、日本人から学びつつあるありさまである。」（平井呈一訳）

俳句に深い感銘をうけたリルケは、みずから「ハイカイ」と題した三行詩を三篇書きのこしている。これらの三行詩を年代的に辿りながら、墓碑銘の三行詩と俳句との内面的な脈絡を探ってみることにしよう。

三行詩「ハイカイ」

最初の「ハイカイ」は一九二〇（大正九）年九月初旬ジュネーヴで作られた。それは、フランス語で書かれた三行詩である。

HAÏ-KAÏ

C'EST pourtant plus lourd de porter des fruits que des fleurs
Mais ce n'est pas un arbre qui parle-
C'est un amoureux.

花を咲かすより実を結ぶ方がむずかしい。
とはいっても、それは語る樹ではなく、
愛という樹のことだ。

一九二〇年九月三日の夕暮リルケはジュネーヴに着いた。ジュネーヴには二四時間しか滞在しないという前ぶれであったが、いつしかその予定は一週間にのばされた。彼が俳句にたいする感動をネルケ夫人に伝えた手紙は一九二〇年九月四日付でジュネーヴから発信されているので、この「ハイカイ」は、そのあとで作られたものと考えられる。

ところで、二四時間の滞在期間が一週間にのびたのには、一つの理由があった。そして、その理由こそが、この「ハイカイ」を生むきっかけとなったのであろう。

それは、バラディーヌ＝クロソウスカ夫人への愛情のためであった。彼女は二児をかかえて戦後の苦難と闘っている閨秀画家であった。第一次大戦以前から彼女一家とはパリで知り合った仲であったが、戦後スイスで再びめぐり逢い、異国におけるたがいの孤独と生活苦の中にあっておのずから寄せあう友情は、いつしか彼の晩年に深い陰翳を投ずる愛情に変貌しつつあったのである。

「運命を避けつつ、運命にあこがれる」とは、第九哀歌の中でリルケ自身歌っている言葉である。それが、彼自身の宿命でもあった。彼は戦後の混乱を逃れてスイスへ入り、宿願の「哀歌」を完成するためにかぎりない自我の集中を求めようとしたが、人間への哀歓はいかんともしがたいきずなとなって彼にまつわりついた。のみならず、それは、彼の心の底のあこがれでもあったのである。仕事と愛情とのあいだに横たわる矛盾と敵意とは、過去においてもいくたびか体験した苦しみであったが、スイスでも同じ運命が彼を待っていたのである。「ハイカイ」に托してその心境を詠《うた》ったのであろう。

第二の「ハイカイ」

第二の「ハイカイ」は一九二〇年一二月二五日「ベルクの館」で作られた。

この年の一一月一二日、彼はこの館へ移り住んだ。チューリヒから四、五〇分離れたところにベルク－アム－イルヒェルと呼ぶ人口四、五〇〇人ばかりの小さな村があった。イルヒェルという丘の北斜面の広い段丘の上に、村はひろがっていた。そこに古くから「ベルク－アム－イルヒェルの館」という邸宅があった。空家となっている冬のあいだだけ、リルケはそこを借りることができた。この僻村にぽつりと取り残されたように存在する館は、詩人のあこがれていた静寂と集我とを与える大きな希望であった。

館の南側には質素な庭園がひろがっていて、そこには、池、噴水、樹陰道、カスターニエンの並木道などがあった。ところどころ、自然の草木もおのずからの姿で入りまじっていた。その年のクリスマス前には季節はずれの暖かさがつづいて、虫も鳥もとまどいを感ずるほどであった。第二の「ハイカイ」は、一二月二五日の朝食前、庭園を歩きながら目撃した光景を詠ったものである。原詩はドイツ語である。

HAÏ-KAÏ

KLEINE Motten taumeln schauernd quer aus dem Buchs;
sie sterben heute Abend und werden nie wissen,
daß es nicht Frühling war.

小さな蛾が身をよじらせ、ふるえながら黄楊《つげ》の木から出てくる。
彼らは今晩命絶え、春でなかったことを、
知らぬままで終えるだろう。

リルケはこの「ハイカイ」を、庭園の様子を伝えながらその日のうちにメルリーヌ（バラディーヌ＝クロソウスカ夫人の愛称）へ書き送っている。

日本の読者はこの「ハイカイ」を読んで、どこがいったい俳句に似ているのか、といぶかるにちがいない。季節はずれの暖かさで蛾がまちがえて孵化《ふか》したからといって、どういう感興が湧くのか、と思うかも知れない。が、こういう視点に立った詩は西欧の伝統にはなかったことを、私たちは想起しなければならない。自然界の小さな存在が人間と同じ次元の世界に同格で存在するという概念は、西欧の自然観にはあり得ないことであった。

リルケは第八哀歌の中で動物は「開かれた世界」に棲んでいる。と詠っている。この「開かれた《ダス・オッフ》世界《エネ》」とは「全一の世界《ダス・ガンツェ》」と同じ意味であって、それは、生と死の両域につながる、時間を滅却した世界である。人間だけが死を予感する。現世と彼岸とを区別する。すべての無限なものを排除する一種の制限の中に生きている。しかし何も語ることのできない小さな蛾は、死生をつらぬく神の国、詩人のいう「純粋空間」の中に生きている。リルケは、そこに、小さな蛾の深い内面的な幸福を予感している。

日本の俳句が内観的に禅の思想と深い関係にあることを指摘したのは、明治以来、日本に長く滞在し、俳句に関心を持った、外国の学者や詩人たちであった。彼らは俳句の短い現実的な表現の中にもっとも玄妙なものの存在することを、西欧の詩と比較しながら、強調したのである。

リルケはもとより俳句研究家ではなかったが、彼は詩人的直観によって、鬼貫《おにつら》の句の中に、死生を越えた、無限の空間へ開かれた世界を感じとったのである。なるほど黄楊の木から季節はずれに孵《かえ》った小さな蛾は、それ自身、とるにたらぬささやかな一つの自然現象にすぎないが、リルケはその小さな存在をとおして「開かれた世界」を凝視し、「ハイカイ」によせる悦びをかみしめているのだ。

メルリーヌへの感謝、第三の「ハイカイ」

第三の「ハイカイ」は一九二六年秋の作である。フランス語で書かれている。

HAÏ-KAÏ
ENTRE ses vingt fards
elle cherche un pot plein:
devenu pierre.

あまたな美顔料の中から
彼女の求めるものは、満ちてゆたかな壺、
石のように　たしかなもの。

この「ハイカイ」が作られた一九二六年秋といえば、リルケの死期の迫っているころである。彼は一九二六年一二月二九日に没した。死の直前まで彼は俳句に強い関心を示していた。彼は遺書を書いて三行詩の墓碑銘を依頼した日付は、一九二五年一〇月二七日夜となっている。ちょうどこの「ハイカイ」の生まれる一年前の出来事である。

さて、この「ハイカイ」は、いったい誰を詠んだのか。また、その句意はどこにあるのか。「ハイカイ」には何の記載もないが、それらについて一言触れておく必要があろう。

この「ハイカイ」は、詩人の晩年の恋人メルリーヌを詠っているにちがいない。人間として詩人としてのリルケと女性として画家としてのメルリーヌとのめぐり逢いは、二人にとって運命的な意味を持っていた。この出会いによってリルケは長年のスランプから衝撃的に解放されて、新しい創作力のひらめきを摑むきっかけを得た。しかし二人の結びつきは、宿命的なすれちがいを内包していた。メルリーヌの愛情は男性としての詩人にのみそそがれていたが、詩人の眼は、つねにみずからの仕事の完成を凝視していたからである。「今生まれ出ようとしているあなたの仕事は、私の敵《かたき》です」とメルリーヌは歯に衣《きぬ》を着せずに言うことさえあった。リルケの晩年の大作『ドゥイノの哀歌』や『オルフォイスにささげるソネット』は、みな、この恋の衝撃の緊張から生まれたのである。

二人の交わりは一九二〇年秋からリルケの死まで六年余にわたっている。彼らは同じ所に住むことがなかったので、たえず手紙を書いた。二人の往復書簡集は、若干の電報を加えて、三五八通（詩人一六七通、メルリーヌ一九一通）にも及んでいる。それらの中には数ページにわたる長文のものも数多く、大部分フランス語で書かれている（参考文献『愛の手紙』参照）。

それらの書簡は、二人が生きた環境と二人の愛情の推移とをあますところなく映し出している。最初のころの手紙には現実的で情熱的な愛情が語られているが、終わりに近いころの手紙は、あらゆるものを包容するかぎりない友情の深さにみちあふれている。

これらの経緯をふりかえることなしには、第三の「ハイカイ」の意味は汲みとれない。メルリーヌは情感ゆたかな、感傷的な女性であった。理性の上では詩人の仕事をこよなく愛し、彼が孤独の境地にあらねばならぬことを知りながら、感情的にはそれを乗り切れぬ人であった。そこが、また、男性である詩人にとっては一つの魅力だったのかも知れない。

彼女は戦争のためパリを追われ、二児をかかえてジュネーヴで暮らしていたが、故国ドイツの経済的危機によって夫とも別居を余儀なくされていた。みずからの画才にも絶望していた当時の彼女は、詩人リルケとめぐり逢って、惜しみなく自己をふりそそぐ全一の愛情こそ、一つの全《まつた》き人生と考えたのである。

それはしばしば詩人を苦しめたが、聡明な彼女はおのずから詩人の使命の高さを悟り、やがて詩人のためになくてはならぬ存在と変貌したのである。彼の晩年の大作を生むよすがとなった静寂と集我とを与えた「ベルクの館」や「ミュゾットの館」は、すべて彼女の心くばりによる恵みであった。

晩年病患のためリルケは入退院を繰り返した。そのとき彼女は詩人の留守宅のミュゾットの山荘に泊り込んで、家の手入れその他、もろもろの雑事をととのえてくれた。それは、実生活においてつねにおぼつかなさから解放されることのなかった詩人にとって、またとないありがたい救いであった。

第三の「ハイカイ」には、このメルリーヌにたいする感謝の念がひめられている。彼女自身の人間としてのたしかさが、ほめたたえられているのだ。それが、なぜ、「ハイカイ」で詠われたのか。「ハイカイ」はリルケにとって、神の国である無限の空間に開かれた世界だからである。第三の「ハイカイ」は、たまたま五・七・五音で表現されている。

「ハイカイ」と墓碑銘

こうして三編の「ハイカイ」を静かに読みとってくると、遺言に記された墓碑銘の三行詩がそれらの「ハイカイ」と深い内面的な脈絡を持っていることを、否定することはできない。彼が遺言を書いたのは一九二五年一〇月二七日夜であった。この日がメルリーヌの誕生日であったことを、詩人自身も意識していたのであろうか。

墓碑銘の三行詩の意味をまず考えてみよう。詩人は遺書を書く一、二週間前、一つのフランス語の散文詩を作った。それは、とある墓地に咲く薔薇の花を眺めながらの感慨を詠ったものであるが、墓碑銘の詩の意味を解く上で深いかかわりがあると思えるので、左に訳文を記してみよう。

「これらの墓の中には人生の残りの味が存在するのか。蜜蜂は、花の唇の中に、沈黙している言葉になりかかったものを見出すのだろうか。おお、花よ、われわれの幸福の天性の捉われびとよ、脈管《みゃくかん》に死者たちを入れて、われわれに再び姿を見せてくれるのか。花よ、なぜ、われわれの力から逃れてゆくのか。なぜ、われわれの花ではないのか。すべての花びらをもって、薔薇はわれわれから遠ざかってゆくのか。薔薇は、ただ、薔薇の花であることを願い、ひたすらそれのみを望んでいるのか。あまたの瞼《まぶた》のかげの、誰の眠りでもない眠りではないのか。」

この散文詩の末尾「あまたの瞼のかげの、誰の眠りでもない眠りではないのか」(Sommeil de personne sous tant de paupières ?) という詩句は、墓碑銘の末尾「誰の眠りでもない眠りをあまたの瞼の陰にやどす」(Niemandes Schlaf zu sein unter soviel Lidern.) とまったく符号している。散文詩「墓地」(Cimetière) の感慨が圧縮されて表現されたのが、墓碑銘の三行詩であろう。

ところで、薔薇が、「純粋な矛盾」とは、どういう意味か。リルケは薔薇を深く愛し、薔薇の詩をたくさん作っている。彼にとって薔薇は「われわれの幸福の天性の捉われびと」であった。薔薇は明るい「生」のシンボルである。聖書によれば、永遠の生命に復活しない人間的自然死は、もっとも哀れな滅びである。キリストが最後の審判に臨むときは、「最後の敵として死が滅ぼされる」(一コリント・一五－二六）とある。

それ故ヘブライ文化の伝統の上に立つ西欧の世界においては、薔薇の花が咲くたびに、その花びらの中に死者の姿が宿るというような、死生を越えた「純粋空間」的な世界観はゆるされる筈がない。薔薇の花に「生」と「死」が共存すること自身、「純粋な矛盾」といわねばならない。が、そこにこそ、詩人リルケの到達した世界があるのではないか。「誰の眠りでもない眠りを　あまたの瞼のかげにやどす／歓びよ」という結びは、この「純粋な矛盾」を肯定する結論にすぎない。リルケは『ソネット』の第一部第五ソネットの中で、

記念の石をたてるな。ただ　年毎に
薔薇の花を咲かせよ、オルフォイスのために。
薔薇の花こそオルフォイスなのだから。その変転は
あらゆるもののなかにあらわれる……

と詠っている。美しい無数の薔薇の花びらの陰になにびとの眠りでもない眠りとなっていだかれながら、生のひかりとも在り通うという玄妙な詩的情想は、生涯「神の探求者」として歩みつづけて来た彼に、認識の極北に立つ歓喜《よろこび》と満足を与えたのであろう。そこに、神の国を、彼は見たのである。

さて、私たちはここでもう一度、リルケが感動した鬼貫の句とその仏訳とを味わってみる必要がある。その句とリルケの墓碑銘の詩句とのあいだに微妙な内観的なかかわりがあるのを、改めて深く感ずるのである。「咲くからに／見るからに　花の／散るからに」という鬼貫の句には花の名があがっているわけではないが、日本人であるならば、それが桜の花であることを誰でも理解する。が、それを西欧人に期待するのは、無理な話である。仏訳にももちろんただ花と訳されている。しかし、花が咲き定まり、やがて散ってゆく自然の情景にみずからを没入しつつ、無限の「空無」へ消え去ってゆく一瞬を象徴的に捉えている句意を、仏訳は alors（と、そして、それで）という副詞を三たびも巧みに駆使しながら、見事に描き出している。

リルケが墓碑銘の三行詩を書いた時、鬼貫の句意が無意識に彼の脳裡に浮かんでいたと考えたとしても、けっして恣意的な想像とは言えないであろう。

リルケの占める位置

リルケがたまたま俳句に感動したのは、その哲学的背景に深い共感をおぼえたからである。象徴的、表現主義的詩境に到達していた晩年の彼は、あらゆる理屈をこえて、一気に、俳句の哲学的背景を感受したのである。日本語も知らず、日本の風土や人情になじんだこともない彼が、俳句にたいして十全な理解を持ち得るとは、もとより考えられない。しかし、ドイツにおける俳句文学受容の歴史をふり返ってみるならば、リルケの占める一つの古典的位置が、それなりに大きな意味を持つことを、誰しも否定できないのである。こんにちドイツ語圏における俳人の数は五〇〇人をこえるであろう、と言われている。「ドイツ語俳句」は、日本の俳壇とはまったく無関係に、幾多の試行錯誤を繰り返しながら、独立的な一つの文学的ジャンルとして成長しつつある。これらの事情については、例えば、『ヨーロッパ俳句選集』（坂西八郎・ヘルベルト＝フッスィー他編著、一九七九、デーリィマン社）、『ボードマスホーフとその周辺』（藤田菖園編著、一九八〇、虎杖《いたどり》発行所）、『花の燭台』（坂西八郎編、一九八九、響文社）、『比較俳句論　日本とドイツ』（渡辺勝、一九九七、角川書店）などの諸著によって私たちはよく理解できるのである。

Ⅱ　若き日のリルケ

リルケの故郷

古都プラハ　ライナー＝マリア＝リルケ（Rainer Maria Rilke）は、一八七五年一二月四日、プラハに生まれた。今日のチェコの首都である。当時チェコもスロヴァキアもオーストリア－ハンガリー帝国領であった。

プラハは古い都である。ボヘミアの平原を流れるモルダウ河に跨がって、千数百年にわたる長い歴史につつまれている。平安の古都を偲ばせるような、寺院の多い、静かな都であった。リルケは若いころ、その印象の一つをこう詠っている。

古い家のなか　はろばろと大きな円を描いて
眼の前に　全プラハがひろがっている
はるか下の方を　音もない静かな歩みをはこびながら
たそがれの「時間」が　通りすぎてゆく
もう　ここかしこに　遠く　灯《ともしび》がちらつきだす

うっとうしい巷《ちまた》のざわめきの中で
「アーメン」という声がきこえてくるようだ

だが、リルケが結婚したころには、もうその面影は失われてしまっていた。一九〇七年の秋プラハに旅をした折、妻に宛ててこう書いている。

「今ではもう、昔の面影はすっかり失われている。町は今や、長い間暴威をふるった男がへこたれたときのように、自分から卑下してなんとなく恥ずかしそうに僕の前にかしこまっている……僕の幼年時代と共に、この町自身もすぎ去ってしまったのかも知れない。」

古都のいわゆる経済的近代化への歩みは、詩人の眼には索漠とした姿に映ったのであろう。リルケはプラハという町を好きにはなれなかったが、ボヘミアの平原はこの上もなく深く愛した自然であった。

僕をゆり動かす
ボヘミアの民謡のしらべ
そのしらべがひそかに忍びよると
僕は涙がこみあげてくる

馬れいしょを掘りながら
子供が静かにそれを歌うと
夜のおそい夢のなかにも
そのしらべはひびいてくる

国を越えて
遠く旅をしたときにも
幾とせか月日のたったのちにも
いつもいつも想い出される

と、詩人みずから詠っているように、ボヘミアの民謡は、詩人の夢路にも通い、また、彼が幾とせのち、国を越えて遠く旅をしたときにも、いつも、彼の心の片すみによみがえったのである。

リルケの両親　リルケの家は古い貴族の名門で、祖先には、スラヴの血が混じっているというようなことが一般に信じられていた。詩人自身も祖先について深い関心を持っていて、少年時代からいろいろな系図を書いてみたほどであった。しかし、詩人の死後一九三二年ヨーゼフ＝フライシュマンによって、リルケの祖先が生粋な古いドイツ農民の出であるという資料が発見された。リルケ自身はそれを知る由もなく、墓碑銘にはケルンテンの名門リルケ家の紋章を刻むよう、遺書の中に書き残している。

詩人の父ヨーゼフ＝リルケ（一八三八〜一九〇六）は軍人であった。一八五九年にはイタリア戦争に出征、武功をたてた。前途を嘱目《しょくもく》されながら病気のため退職、プラハの鉄道会社に勤務することとなった。一見かたくるしいほど几帳面な人ではあったが、思いやりが深く、純情無垢な人柄であった。リルケは、この父を心から愛した。

リルケの両親　父ヨーゼフと母ゾフィー

一八七三年五月、ヨーゼフは、枢密顧問官カール＝エンツ（一八二〇〜九五）の娘ゾフィー＝エンツ（一八五一〜一九三一）と結婚した。ゾフィーは、みずからフィアと呼んでいた。家庭でもフィアが通称となっていた。結婚後間もなく女の児が生まれたが、夭折してしまった。つづいて一人息子ルネが生まれた。リルケは幼年時代の想い出を、後年エレン＝ケイ（一八四九〜一九二六）女史に次のように語っている。

「私が生まれたときには、両親の結婚生活はもう冷却しておりました。私が九歳のとき、不和が爆発して、母は父のもとを去りました。母は非常に神経質な、すらりとした、目も髪も黒い女性です。母は人生から何か夢のようなものを求めようとしていました。事実、今もそう

幼年時代のリルケ　2歳時

いう生活を押し通しています。……ところで、私自身の子供のころの想い出は、はっきりしてはおりませんが、ただ非常にきれいな着物をきせられて、学齢期に達するまでは、女の子のようにして歩きまわっておりました。それは、母が、大きな人形をもてあそぶように、私をおもちゃにしていたのだと思います。とにかく母は、人から『お嬢《ミス》さん』と呼ばれると、いつも得意になっていました。母は、人に、若くて、悩みがあって、不幸だと思われることをのぞんでおりました。事実、母は不幸でありました。私たちもみんな不幸だったと思います。」（一九〇三年四月三日、エレン＝ケイ女史宛）

苦悩の日々

リルケは、一八八六年九月、父のかねての方針どおりザンクト－ペルテンの幼年学校に入学させられた。当時リルケは一〇歳一〇か月であった。いわば箱入り息子のように育てられてきたリルケは、わんぱく盛りの少年たちの間に投げ込まれて、まったく途方にくれた。虚弱体質の上に詩的空想のゆたかな彼は、毎日の生活が苦悩の種であった。みんなからさげすまれながら、真面目な人柄の彼は四年間を辛抱して幼年学校を卒業、一八九〇年九月、ヴァイスキルヒェンの士官学校に進学した。

だが、ここでついに限界がきた。一八九一年六月、ルネはついに父のゆるしを得て、病弱の故をもって士官学校を中途退学した。

士官学校を退学したリルケはしばらくプラハに滞在していたが、やがてドナウ河畔のリンツにある商科大学に入学した。だが、商業学校が彼の性分にあわないのは、軍の学校と同じことだった。一年たらず通学したばかりで、周囲の反対を押しきってまた退学してしまった。事務所通いの将来が目の前にちらついて、リルケには堪えられなかったのである。後年彼はエレン＝ケイ女史に宛て、「その後商業学校に入れられましたが、ほとんど破滅の寸前というありさまでした」（一九〇三年四月三日）と、記している。

学業の方針の定まらないルネは、両親はじめ親戚の人たちの頭痛のたねではあっても、リルケ一族のただ一人の男の子である彼にたいしては、皆温かい気持ちを持っていた。ことに父の長兄ヤロスラフ（一八三三〜九二）伯父は、貴族の称号を持つ富豪だったが、ルネをかわいがり、その後ギムナジウムや大学進学への便宜や資金を提供してくれたのである。ここに初めて人間リルケの土壌が培われ、詩人への一歩が踏み出されることとなった。

プラハ＝ノエシュタットのギムナジウムがその学校であった。彼は特別個人聴講生として、早朝六時から正午まで規則正しい勉強をつづけ、ギムナジウムの全コースを「全力をふりしぼって」三年間でやりとげた。当時リルケはもう一七歳になっていたので、一〇歳の少年たちと机を並べて一年生からやり直すわけにはゆかず、伯父の好意あるはからいによって個人教授の便宜を与えてもらったのであるが、彼は最初の六年間のラテン＝コースを一年でやってしまい、残りの二年間だけはゆっくり時間をかけた。こうして、一八九五年七月九日、卒業の口頭試験に抜群の成績で及第した。

しかし恩人の伯父はリルケの卒業を見ぬうちに永眠した。伯父の死は彼に深い衝撃を与えたが、伯父の遺言によって大学時代の学費も、結局伯父の遺族たちから仰ぐことができるようになった。ギムナジウムを卒業した秋からリルケはプラハ大学に籍をおくことになった。その翌年（一八九六）の九月下旬にはミュンヒェン大学へ移った。だが、大学の議義は彼に稔《みの》りを与えるものではなかった。すでにギムナジウム時代から、彼の関心は文芸の世界へ、詩作活動へ向けられていて、実際に種々の作品が生まれていたのである。

初期の詩作活動

ギムナジウムに在学中リルケは年上の女性と恋をした。彼女はリルケの母方の人々と親しい人で、母の妹が紹介してくれたのである。ヴァリー（ダーフィト＝ローエンフェルト＝ヴァレリー　一八七四〜一九四七）と呼ばれる、オーストリアの砲兵将校の娘であった。二人の交際は一八九三年から九五年にわたる三年間もつづいた。

ヴァリーは、一風変わった、先端的な女性であった。ナポレオン一世時代に流行した赤い服をまとい、先の曲った白い羊飼いの杖などを持って歩いていた。彼女はまた芸術家で花瓶の模様を描いたり、小説も書いたりした。リルケはせっせと彼女に手紙を書き、多くの詩と愛の言葉を捧げた。

一八九四年に刊行された『いのち　と　うた』(Leben und Lieder)という彼の処女詩集は、その結晶であった。この恋の体験は、一言でいうならば、ひたむきな少年リルケが年長のヴァリーにあやつられていた恋のたわむれともいうべきものであろう。おのずから萎《しぼ》むときがきて、終わりを告げたのである。

リルケが最初ヴァリーに与えた詩の一節に次のようなものがある。

きみは　明眸《めいぼう》にして
皓歯《こうし》――
バラの口元　ちぢれた髪の毛
小さな　かわいい手
鈴の音《ね》のような笑いごえ――
きみは　天翔《あまがけ》りながら　勝利を称《たた》える人だ！
どんなにながく褒《ほ》め称えようと
けっしてみちたりることはないだろう
魔のように麗《うるわ》しいきみ
そのきみを　なんと呼んだらいいのやら
そんな選択が　僕にゆるされてあるだろうか

理想の姿！

幼稚な、歯のうくような内容である。このような詩を、リルケは一〇〇以上も書いた。後年彼はこの詩集を恥ずかしく思い、生前この詩集の再版を絶対にゆるさなかった。どんな大詩人でも、初めは人真似の習作から入っていくのである。ゲーテの少年時代の詩にも、これに類するものがたくさんあった。

大学時代にはひと月に一回くらいの割合で雑誌に作品を発表するようになった。「夕暮」という詩が出版社の懸賞募集に入選して、二〇マルクももらったこともあった。一八九六年ミュンヒェンに移り住んでからは、彼の文壇的地位は一応定まった観があった。その年にはリルケに関する評論が九編もあらわれるほどになった。

一八九五年一二月、プラハのドミニクス書店から詩集『家神奉幣』（Larenopfer）を刊行した。初期の詩九〇編が収録されている。書名のラーレンオプファーとは、「家神にささげる供物《くもつ》」という意味であるが、詩集の内容が故郷の風物を歌っていることに由来しているのであろう。本書でも引用した古都プラハやボヘミア平原などの詩篇は、みなこの詩集に収められている。

ミュンヒェン在住時代

ミュンヒェンに移ってからは、リルケはミュンヒェン文壇と活発な交流を求め、多くの刺戟をうけた。ミュンヒェンは北方のベルリンにたいして、南ドイツの文化の中心地であって、一九世紀の中葉から七〇年代にかけて、いわゆるミュンヒェン派の文芸が旺盛をきわめたところだった。著名な長老作家たちも健在であり、また、青雲の志を抱《いだ》く芸術家たちもたくさんいたのである。

リルケはとくに若いヤーコプ＝ヴァッサーマン（一八七三～一九三四）から、ツルゲーネフ（一八一八～八三）を厳格に読むようにすすめられ、ロシア文学にたいする開眼の機を得た。その上、ルー＝アンドレアス＝ザロメ（一八六一～一九三七）女史を識るようになって、やがて彼女とロシアに旅をして多くのゆたかな体験をつむこととなるのである。

一八九七年、ライプツィヒのフリーゼンハーン書店から詩集『夢を冠りて』（Traumgekrönt）を上梓した。本文六四ページの小冊ではあるが、詩人リルケの歩みのあとがそれなりに稔っている様子がうかがえる。そういう一詩を拾ってみよう。

ひろく世界をさすろう人よ
心しずかに　さすらいたまえ……
人間のなやみを　きみほどに
知るひとは　いないのだから……

かがやかしい光をもって

ルー＝アンドレアス＝ザロメ　リルケに深い影響を与えた女性のひとり。

きみが　その歩みをはじめるとき
かなしみは　ゆれた眸《ひとみ》をひらいて
きみを　仰ぎみるのだ

このさすらいの歌は、まだなんとなく甘い感じを抜け切ってはいないが、永遠のさすらい人であったリルケ自身の詩であることを思うと、やはり心に通うものがある。彼は『マルテの手記』の中に、「僕はひとりぽっちで、また何一つもっていない。ただ一個のトランクと一つの本箱とをもって、世界中を歩きまわっている」と書いているが、これは、リルケ自身の姿にほかならない。「心しずかに　さすらいたまえ……」という詩人の言葉が私たちの心に沁み透《とお》るのも、彼の為人《ひととなり》を知るならば、それが、やはり、当時の彼の精一杯の叫びであることが理解できるからである。

ミュンヒェン在住時代リルケは、ドイツ詩壇の長老リーリエンクローンやデーメル（一八六三〜一九二〇）に深い敬意を表して近づき、デンマークの偉大な詩人ヤコブセンから大きな影響をうけた。また、ゲオルゲからは、未熟な先走った多作をいましめられた。こうして彼は、一歩々々、自分の固有の道をひたすらに辿る詩人として成長していったのである。

「私の最初の本」『わが祝いのために』

一八九九年四月七日、リルケはシュテファン＝ゲオルゲに宛てて、「来年のために詩集を一冊準備しています。これまでのものは一切なかったつもりで、今度のものをもって最初の、真摯《しんし》な、厳粛な詩集として出直すつもりです。ゆっくり編集いたしました」と書いている。『わが祝いのために』（Mir zur Feier）という書名を作者自身が選んだところにも、充分その意味を汲みとることができる。彼はエレン＝ケイにたいして、この詩集を、「本来の意味における私の最初の本」と、語っている。詩集自身は一八九九年の年末に、ベルリンのゲオルク＝ハインリヒ＝マイヤー書店から刊行された。発行部数は八〇〇。本文一一九ページの詩集であった。一九〇九年に再版が刊行されたが、そのときには、書名は『旧詩集』（Die Frühen Gedichte）と改められ、内容の上でも多くの改訂が施された。今日流布しているものは、いずれもこの『旧詩集』である。

リルケの基本的な詩的感情を説明する個所で、私はこの詩集の中の一詩を引用したが（三六ページ参照）、それに呼応する作品が多くあるので、それらに触れながら、詩人リルケの出発点をあらためて眺めてみよう。

あこがれとは　うねりゆく波浪をすみかとして
「時間」のなかに　ふるさとを持たぬこと
ねがいとは　毎日の「時間」の

「永遠」とかわす　ひそかな対話《かたらい》
生きるとは　昨日《きのう》の日から
孤独をきわめた「時間」がうかびあがって
他の「姉妹《はらから》」と　異なったほほえみを　たたえながら
「永遠なものを」じっと迎えることだ

彼の詩のしらべには、私たちに、宇宙の根源的ないとなみに参画しようとする孤独を思わせるものがある。

……かたわらを通りすぎゆく　あらゆる韻《ひびき》のなかへ
わななきながら　わが身をば　わたしはゆだねよう

庭の片隅の蔦《つた》の葉が、吹く風ごとにその葉うらをひるがえすように、若き詩人はその琴線を吹く風ごとにふるわすのである。定めない風のまにまに、心もただよいあこがれてゆく詩人の姿である。

深い深いわがいのちの底よ

ひたすら聴き入って　沈黙せよ
ゆれうごく白樺よりも早く
風の語るを　くみとるために

ひとたび　沈黙の語るのを聴くならば
おまえのこころを　なげあたえるがよい
どのようなそよかぜにも　わが身をばささげ　ゆだねるがよい
風は　おまえを愛し　ゆりうごかしてくれるであろう

ここにも自然の中へわけ入って自然といのちをわけあおうという、リルケ固有の詩人としての出発が語られている。

プラハの想い出『プラハ二話』　リルケは詩集『わが祝いのために』を上枠してからロシア旅行に出かけ、詩人として大きな貴重な体験を重ねて、『時禱詩集』への道を辿ってゆくのであるが、ここで、小説『プラハ二話』（Zwei Prager Geschichten）についてぜひ語っておかねばならない。

この小説は『マルテの手記』をのぞけば、リルケのいちばん長い小説である。一八九九年四月、シュトゥットガルトのアードルフ＝ボンツ書店から刊行された。「ボーフシュ王」（König Bohusch）と、「兄妹」（Die Geschwister）の二編からなっている。当時チェコはオーストリア－ハンガリー帝国領だったがドイツの影響も非常に強く、反独的結社がプラハにあったのも当然なことではあったが、リルケはこういう人たちにも深い同情を寄せていた。そういう心情のあらわれともいうべき小説である。

この二つの物語はオムラディナと呼ばれる青年結社にまつわる物語である。リルケの少年時代、プラハにオムラディナ（青年の意）という政治結社があった。これは、当時ドイツに圧迫されていたチェコの、学生や若い労働者たちが結成していたもので、ドイツの王政に反対し、チェコ人のチェコを打ちたてんとする、急進的国粋社会主義を奉ずる秘密結社であった。彼らはプラハ市中の地下納骨堂を根城として、煽動的な活動をしていたが、たまたま一八九三年、彼らが計画した反王室的事件がきっかけとなって、同志の者たちに検挙の手がのび、翌九四年、反逆罪のかどによって七六人が処刑されるに至った。

それは、リルケが一九歳か二〇歳《はたち》ころのことであって、彼が郷里プラハにあって目《ま》のあたりに体験した事件である。この青年党にくみした者たちは、思慮の浅い、不穏の徒として、いわゆる世間からはつめたく見られていたが、リルケは彼らの心情に深い理解を持っていた。他国の支配をうけていたチェコ人は、きわめて幼稚な愚民たちか、さもなければ、いたずらに外国文学の模倣にうきみをやつしているインテリたちであった。チェコの文化を守れというごく少数の人たちの叫びはあったが、大勢は無気力のままにながされていた。青年党は分別にかけた急進的なものではあったが、リルケはそこに、自分の生まれた故郷の人たちの哀切な衷情《ちゅうじょう》を汲みとったのである。

文学史家として著名なオスカー＝ヴァルツェル（一八六四～一九四四）は、「この小説は、チェコ人のたましいに深く沈潜した作品で、初期の抒情詩よりも、いっそう特異な、根元的な力をもっている」と、評している。チェコに文人はあっても、彼らはいたずらにパリ文壇の風潮のあとを追うだけで、誰一人としてチェコのすがたを詠わなかったのである。リルケは『家神奉幣《ラーレンオプファー》』で多くのプラハの風物を詠った。チェコ人の愛するフラチーンの丘を、モルダウの流れを、そして、ゆたかな歴史を物語るもろもろの古き伽藍を。チェコ人たちもリルケを郷土の詩人と仰いだ。この物語もまた、彼の郷愁が点ずる一つの灯《ともしび》であった。

一八九九年二月、ベルリン近郊の寓居で、リルケはこの短篇集に次のような序を書いた。「この本は純粋に過去の本です。故郷と少年時代――二つとも、もう遠い昔のことです――それが、この本の背景です。今ならば、こんな書き方はしなかったでしょうし、いな、初めからこのようなものは書かなかったでしょう。けれども、私がこれを書いた当時には、やはりそうすることが必要でした。この書物は半分忘れかけたものをなつかしく想い出させ、それを私に与えてくれました。なぜならば、過去の中から私たちの所有しうるものは、ただ私たちがなつかしく思っているものばかりにすぎないのですから。」いわばこの作品は、プラハにたいする想い出の記念塔であり、プラハにたいする訣別の辞でもあった。

チェコ人たちの物語

リルケの初期の作品にチェコ名の人物が多く登場するのは、注目すべき一つの特色である。この物語もすべてチェコ人たちの物語である。「ボーフシュ王」と「兄妹」とは、それぞれ独立した物語ではあるが、いずれも青年党に関係あることによって、何らかの脈絡を持っている。ここで取り扱っているのはけっして政治的な物語ではなくて、人間個人の歴史である。ただその人間の歩みの中に、青年党の事件が背景となってからみあってくる。青年党に関係した或る個人の運命、それが『プラハ二話』なのである。

青年党の同志の一人にムルヴァという男がいたが、この男が同志を売って密告したという理由で、同志の復讐の刃のもとに葬られた。リルケが「ボーフシュ王」で取り扱った主人公は、このムルヴァをモデルとしたものである。

ボーフシュという男は王家の門衛をしていたヴィテツラーフ＝ボーフシュの息子で、今は母と二人で寂しい佗び住居をしている男である。彼がよく訪れるプラハの「カフェー＝ナツィオナール」には、画家や詩人や俳優などの仲間がたくさん集まってくる。その仲間の一人にレーツェクと呼ぶ一人の学生がいる。当時のチェコのインテリの多くはパリ文化にうつつをぬかしていたが、ボーフシュとレーツェクは、ひそかに心を寄せあう青年党の同志であった。

或る時学生レーツェクは「カフェー＝ナツィオナール」で、詩人や画家たちにお前は幼稚な煽動家だとののしられる。興奮したレーツェクは、この秘密をもらしたのはボーフシュにちがいないと早合点して、彼の住居におどり込み、やにわに彼の襟もとをつかんで、「貴様は秘密を守ったのか！」とどなりつける。ボーフシュは老母にかかえられながら、レーツェクの兇手に倒れる。

第二編も、青年党にかかわりのあった或る兄妹の挿話に、作者自身が潤色《じゅんしょく》したものであろう。プラハの或る住宅の三階へ、四人からなる新しい家族が引っ越してきた。この家族の主人は田舎の小さな町の森林官だったが、森の盗賊たちに襲われて急死した。一家の大黒柱を失った家族は、首都のプラハへ出て自活の道をひらこうとした。一家は母親と息子のツデンコ、娘のルイーゼ、それに老女中の四人である。息子は二〇、娘は一八歳である。息子はチェコ人の大学へ通って医学を勉強している。

ツデンコはいつしか「カフェー＝ナツィオナール」に出かけるようになり、そこでレーツェクという学生と知り合う。二人の交友はしだいに親密になってゆく。「僕らのドイツ人にたいする憎悪は、けっして政治的なものではない。むしろ、なんというか――一種の人間的なものだね。」レーツェクの熱弁に、彼はしだいにのめり込んでゆく。

リルケがここで登場させているレーツェクは、おそらく「ボーフシュ王」にあらわれる学生と同一人物を描いているのであろう。察するにレーツェクは、オムラディナ事件の立役者の一人で、熱狂的な同志であったものと思われる。

さて、レーツェクにぐんぐん惹かれていったツデンコは、ふとしたことから急性肺炎に襲われ、入院加療の甲斐もなくついに亡くなってしまう。妹のルイーザは、いつしかレーツェクを慕うようになる。しかし、家を守って母を助けねばならぬ彼女には、それはゆるされぬ選択であった。

この「兄妹」は、特別な発展をなすのではなくて、やはり、オムラディィナにかかわりある或る兄妹の姿を単純に取り扱ったものと思われる。その意味において、リルケ自身の言葉にもあるように故郷を記念する物語なのである。

リルケのチェコ語理解

当時チェコはオーストリア＝ハンガリー帝国領であって、そこに居住するドイツ人たちはドイツ語を日常語としチェコ語をすすんで話そうとする風潮から遠いものがあった。そういう雰囲気の中にあってリルケがチェコ語をほとんど完全無欠に駆使し、チェコの詩人たちに最大の敬意を払っていたことが、日本のチェコ語の権威千野栄一教授の研究によって初めて明らかにされた。これはリルケとその故郷との関係を知る上において欠くことのできない貴重な資料であるので、ぜひここにつけ加えて一言述べておきたいと思う。

この研究は一九七四年二月、月刊雑誌「言語」（大修館書店）に発表された、同教授の「リルケのチェコ語」という一文に詳述されている。その要点はこうである。

一九三四年の後半か、一九三五年の初頭に、リルケがチェコの著名な詩人スバトプルク＝チェフ（一八四六～一九〇八）に宛てて書いた一通のチェコ語の手紙が発見された。あまり長いものではないので、千野教授はその全文を翻訳し、それにコメントを加えている。この手紙は、リルケのチェコ語の理解にたいし消極的な意見の多いドイツ文学史家たちにたいする反証ともなりうるので、ここにその全文を転載させていただこう。

「　プラハ、一八九六年
三月一五日

敬愛する先生、

私はチェコ民族の詩の作品を外国に紹介するべく努力を重ねてまいったものでありますが、このたびベルリンの有名な雑誌 Neue litt. Blätter 誌の編集部に最近のチェコ抒情詩の秀れた訳を約束いたしました。これまでのところ、燃え立つような民族の努力の結晶であり、まさしく、もっとも興味のある作品である『奴隷の歌』から大変質のよくない翻訳が出されているだけであります。トピッチ氏からの忠告もあって、先生御自身にお願いするのですが、上記の編集部のために私に二つ乃至《ないし》四つの良い翻訳をお出しいただけるか、あるいは、信用できる翻訳者を推薦いただければ、私がその方をお訪ねしてもと思っております。編集部としては、ブルフリッツキー、ゼイエル、ヘイドゥク（訳注、いずれも当時のチェコの詩人）その他の作品ののる詩藻集を四月号としてすでに準備しておりますので、先生、まことに申しわけないこととは存じますが、できるだけ早く御返事いただけるようお願い申し上げます。

この機会に先生に心からの挨拶と尊敬の念をお伝えできるのは私の喜びとするところであります。

詩集 Larenopfer その他の著者

レネ＝マリア＝リルケ

プラハⅡ、ポジチコバ通り14e／1」

この手紙について千野教授は次のように説明している。

「この手紙は見事なチェコ語で書かれていて、勿論、外国人のするような誤りもなく、文体論的にも統一がとれている完璧なものである。当人の署名もあり、内容もいろいろなヒントを提供する第一級の資料といえる。」

千野氏（東京外国語大学名誉教授）の研究によって在来不明な点もあったリルケと故郷プラハやチェコのかかわりが、はっきり浮かびあがったことに、私たちは深く感謝せねばならない。

ロシア旅行と詩業の土台

大きな影響を与えたザロメ女史

リルケのロシア旅行は、彼の生涯にとって画期的な意義があった。ロシア旅行を体験してはじめて彼は、ドイツ文学史上にその特異な存在を認められる詩人となった。

リルケがロシア旅行を思いたつようになったのは、ミュンヒェンで知り合ったルー＝アンドレアス＝ザロメ女史の感化と慫慂《しょうよう》によったものである。晩年ヘルマン＝ポングスの質問に答えた書簡の中で、彼はこう記している。「ロシアをその天性のうちに綜合している私に親しい或る一人の人を通して、ロシアへ旅立つ二年前に、私の中へロシアの影響が沁み込んでまいりました。そして、そのことによって、あなたの正しく認識されているように、本来の私自身への転向が準備されたのでありますす。」ロシアをその天性のうちに綜合している人とは、いうまでもなくザロメ女史であった。

リルケはロシアへ二度旅をした。第一回目は、一八九九年の四月下旬から六月の中旬にかけて、第二回目は、翌一九〇〇年の五月七日から八月二四日にわたるものであった。第一回目の旅行にはルー夫妻が同行し、第二回目には、ルーのみが同行した。

さて、彼をロシアへ案内したルー＝アンドレアス＝ザロメ女史とは、どういう女性であったのか。

リルケの生涯にあまりにも重大な影響を与えた彼女は、ドイツ・フランス系の血をひくロシアの将軍の娘として一八六一年ペテルスブルクに生まれた。このロシア娘は、長身のすらりとした美人であった。灰色がかった金髪、青く澄んだ目、ととのった鼻、ひきしまった口元。彼女が部屋へ入ってくると、太陽がのぼってくるようだ、と友人たちが言ったという。その生き方においても、天衣無縫で、いい加減な妥協はけっしてしなかった。二一歳の時ニーチェの要請をはねつけ、彼をして、「彼女は鷲のように鋭く、ライオンのように精悍《せいかん》だが、けっきょくはかわいい女の子なんだけれど」と、嘆かせた。このスキャンダルは、たちまちヨーロッパ中にとどろきわたった。

彼女は二六歳の時、東洋学者カール＝アンドレアス（一八四六～一九三〇）と結婚した。彼女がリルケを案内してロシアへ旅をした一八九九年の春にはすでに、ヨーロッパではもっとも著名な女流作家の一人となっていた。

トルストイ訪問

さて、モスクワにつくと間もなく、リルケはルー夫妻と共にトルストイを訪問した。三人はお茶に招待されたのである。当時トルストイは七一歳。彼は国家や教会の権威をも否定して、ひたすら原始キリスト教の教えの中に救いを求めようとしていた。国家からは彼の書物は発行禁止となり、教会からも破門されようとしていた。しかし貴族としての生活をまだ清算していなかった彼は、彼の主張との間の矛盾を攻撃され、みずからもそれをいたく苦痛としていた。一切の私有財産を投げ出さんとする彼の意図が、家族たちとの衝突の原因となり、家庭的にも波風の絶え間がなかった。一八九七年には『芸術とは何ぞや』という論文を発表して、芸術とも絶縁した。リルケはトルストイの主義主張のすべてに共鳴したわけではなかったが、人間としての偉大さ、ロシアにして初めて生み得るような人間のうつくしさに強く惹かれたのであった。彼はトルストイに「永遠のロシア人」を感じたのである。

ちょうど復活祭の行われていた時であったが、トルストイは口をきわめて、復活祭の迷信的な国民的いとなみをけっして彼らと共に祝ってはならないことを、三人の客たちに忠告した。しかし、ロシア平原の古い都で行われている復活祭は、リルケにとっては彼の芸術の心をゆるす夢であり、心の窓をひらく力と映った。「あの感銘は生涯私につきまとうだろうと思います。あのモスクワの夜に、私の使命がむくむくと頭をもたげて、私の血の中へ、また私の心臓の中へまでも沁み込んできたのはまったく不思議なことです」と、リルケは後年（一九〇四年三月三一日）ルーに宛てて書いている。

トルストイ　リルケはロシア旅行で彼から大きな影響を受けた。

創作意欲の充実した時期

彼は多数の紹介状をもらってロシアへ行ったので、すぐれた詩人たちや芸術家たちと親しく語りあう機会にもめぐまれ、九月中旬、ベルリンの郊外シュマルゲンドルフの寓居へ帰ってきた。九月二〇日、秋の霖雨《ながあめ》がはれあがって、ひさびさに夕日のひかりがシュマルゲンドルフの森を照らした時、逍遙の杖をひくリルケの唇からこんこんと詩句がながれ出た。

「時」はかたむき
そうそうと鳴りとよみて　われに触れ
官能はおののきふるう　われは感ず　われなし能う　と――
かくて　彫塑の日をつかむなり

Da neigt sich die Stunde und rührt mich an
mit klarem, metallenem Schlag:
mir zittern die Sinne. Ich fühle: ich kann—
und ich fasse den plastischen Tag.

これは、ドイツ抒情詩にかつてみられなかった、独創的なリズムであった。この一連の「いのり」の詩篇は、この日から翌一〇月一四日に至る三週間あまりのうちに一編の詩集として完成した。これがのちに『時禱詩集』（Das Stunden-Buch）の第一巻「僧院生活の巻」（Das Buch vom mönchischen Leben）となったものである。

この秋は彼の生涯においてももっとも創作意欲の充実した時であった。わずか一〇日の間に『神様の話』を書き、また或る夜一気に、『旗手クリストフ＝リルケの愛と死の歌』を書きあげた。彼のロシア語熱にもいよいよ拍車が加えられた。彼は熱心にロシア語の勉強をして、ロシアの小説や詩を原語で読み、またドイツ語に翻訳することをも試みた。それは質量ともに驚くほどのものであった。

「ロシアの恩恵です」

第二次ロシア旅行では、一九〇〇年五月九日にモスクワへ到達した。このたびの同行者はルー女史一人であった。この旅でも彼らは再びトルストイに会うことができた。だが、彼との再会はリルケにとって劇的な想い出となった。二人はあらかじめ連絡をとってもらい六月一日土曜日の正午ごろ、ヤスナーヤ‐ポルアーナの邸宅に到着した。長男がガラス入りの扉をあけてくれた。すると、二人の前に、老トルストイが立っていた。昨年会った時よりも小さくなり、腰がまがり、白髪もいっそう目立って白さをましていた。彼はこころよく迎えてくれたが、ちょっと差支えがあるから二時から会おうということだった。長男の案内で二階の広間へ通された。コーヒーのご馳走にあずかりながら、書棚の本や窓外の景色を眺めていたが、その間にトルストイ夫人の不機嫌な大きな声がひびき、やがて、何事かが起こったらしく、わかい女の泣声がわっと起こり、それをなぐさめる伯爵の声が聞こえてきた。

信仰によって貴族の私生活を清算しようとするトルストイの生き方が、つねに家庭に波風の種をまいていた。こういう悲劇の起こっているところへ、二人は訪ねていったのである。約束の時間がくると静かにあらわれたトルストイは、森を散歩しようと誘った。たまたまよく晴れた春の日であった。トルストイはロシア語で話したが、風が言葉をさえぎらぬかぎり、リルケには一語一語よく理解できた。その時の様子を彼は友人ソフィア＝ニコラエヴナ＝シル（生年不詳〜一九二八）にこう語っている。「話題はいろいろなことに及びました。しかし一語として事物の表面をかすめすぎるようなものはなく、いずれも事物の背後の秘められた世界にまで浸透していきました。彼の語る一語一語の深い価値は、ひかりの中にただよう色彩ではなくて、私たちすべてが生存している背後にある神秘にして不可思議な世界からくる感情です。」

リルケは、ヤコブセンやロダンからは、多くの芸術的な教えをうけた。そういう意味では、彼らはリルケにとっては芸術の師であった。だが、トルストイの芸術観はリルケには相容《いれ》ないものであった。にもかかわらず、トルストイの存在は彼に大きな意味があった。一九一〇年一一月トルストイが一寒村の駅で急死した知らせを、ロダンからうけたリルケは、パリの客舎から妻クララへ宛てて、深い哀悼の意を表したのちに、こう書いている。「彼はやはり詩人としては完成したのだ。これこそ彼自身の姿であって、彼は詩人の最大の意味と、詩人の最深の衝動と宿命の意味とを完了した人であった。」トルストイにたいする深い敬愛の情をくみとることができる。

トルストイに会ったのち、彼はあまたな名所旧蹟を訪ね、多くの友にめぐり逢い、かずかずの芸術作品を観賞し、ヴォルガ河の旅を楽しみ、蒼茫《そうぼう》としてはてしなく広がる大平原の沈黙にひたった。

或る意味でリルケのロシア旅行は、ゲーテのイタリア旅行に比較することができる。ルーは、リルケのロシア旅行を評して、彼にたいする復活である、と言った。ロシア旅行を体験したリルケは、詩人としても人間としても画期的な成熟をとげた。ロシア旅行以前に見られたジャーナリスティックな傾向は、その後はまったく影をひそめてしまった。晩年スイスに隠棲《いんせい》して深くフランス精神に親近感を抱いていた彼にとっても、いささかも変わりがなかった。彼はその心境を、友人にこう語っている。「私の今日あるは、ロシアの恩恵です。私の内界の歩みは、あそこから始まりました。私の本性のすべてのふるさと、私の根源の一切があそこにあります」（一九二〇年一月二一日、レーオポルト＝フォン＝シュレーツァー宛）。

画家ヴォルプスヴェーデ村　一八九八年の四月から五月にかけてリルケはイタリアに旅をした。そこで青年画家ハインリヒ＝フォーゲラー（一八七二～一九四二）とめぐり逢った。彼との友情は、詩人に新しい運命の扉をひらく機縁となった。

当時フォーゲラーは、北ドイツの一僻村に住んで画業にはげんでいた。そこには電灯もなければ水道もなかった。見わたすかぎり広大な平原の片隅であった。第二次ロシア旅行からベルリンの寓居へ帰ってきたリルケは、一九〇〇年八月二七日、フォーゲラーの招きに応じてこの寒村を訪れた。彼はこの静かな環境の中でロシアの印象を整理し、やがて第三次ロシア旅行の準備をするつもりであったが、この村の強烈な印象は、彼に新たな一歩を踏みださせることとなった。

リルケはフォーゲラーの住居の近くの小さな農家を借りて滞在した。日曜日の晩ごとに、そのいわゆる「白い広間」で彼は友人たちの集いを催した。フォーゲラー、オットー＝モーダーゾーン（一八六五〜一九四三）らの若い画家たちをはじめ、女流画家パウラ＝ベッカー（一八七六〜一九〇七、のちにモーダーゾーンと結婚）、女流彫刻家クララ＝ヴェストホフなどとの友情が、若い詩人の多感な心に忘れがたい印象を与えた。また、ここでめぐり逢ったクララ＝ヴェストホフが彼の生涯の伴侶となったことを想えば、彼自身が語っているように、この平原における生活は、人間的にもっともゆたかな、もっとも幸福な時代だったのである。

芸術家同士の結婚

リルケは一九〇一年四月末、閨秀彫刻家クララ＝ヴェストホフと結婚、新居をヴォルプスヴェーデの隣村ヴェスターヴェーデに構えた。それは藁葺《わらぶき》の、蔦の生えまつわった古い農家であった。彼は友人にこう伝えている。「いわば隣家のない、道路にも面しない、沼沢の中の一軒家で、かっこうな隠れ家です。ここに住んでいると、いつしか目に見えない保護色の中にとけこんでしまって、未来を望み見るにも、過去をふりかえるにも、静かな落ち着いた気持ちで生きるにふさわしいところです。」

リルケの仕事部屋は、独立した破風づくりの静かな部屋であり、クララのアトリエは、農家の床を延長して別棟のようにできていた。彼は結婚とともに画家たちとの交わりもほとんどしなくなり、ひたすらこの平原のささやかな家に妻とみずからの道に閉じこもったのである。

彼がこの地に家庭をいとなんだことは、けっしてロシアとの絶縁を意味していたのではなかった。

ヴォルプスヴェーデの自然がロシアの大自然におきかえられて、彼の詩心に訴えたのである。彼はこの家庭において、ロシア旅行の記念ともいうべき『時禱詩集』第二部「巡礼の巻」を完成した。それは、一九〇一年九月一八日から二五日に至る八日間に、一気に書きあげられた詩篇であった。

この年一二月一二日、彼は一子ルートの父親となった。しかしこの幸福な家庭にも、やがて深刻な苦悩が訪れた。父からの補助金が打ち切られることになって、生活難が彼らを襲ったのである。新妻もパンのため弟子をとって彫刻の教授をした。彼は窮状を訴えて著名な編集者や教授たちに仕事の斡旋を乞うた。その結果、画家評論『ヴォルプスヴェーデ』や、『ロダン論』（Auguste Rodin 一九〇三）を執筆する機会を得た。

画家評論執筆の約束がなるや、一九〇二年五月から蚕《かいこ》が糸を紡《つむ》ぐように、ひたすら筆を進めた。食事も窓から部屋へ運んでもらい、夜となく昼となく完成をいそいだ。『ヴォルプスヴェーデ』は、そこに住む画家たちの伝記であると同時に、すぐれた絵画論でもある。

いよいよ『ロダン論』を執筆するにあたって、彼は家庭生活をも解散しなければならないと決意するに至った。だが、それはなまやさしいことではなかった。「愛する妻」と「かわいい小さなルート」と別れねばならない深い悲しみを、いくたびも訴え、この二人を養い得ない自分の非力を、心の底から嘆いたのである。生きるためには仕事をせねばならず、よい仕事をするためには家庭を捨てなければならない。それは、所詮、彼の辿るべき宿命であった。彼はルートを妻の実家に托し、パリに出て『ロダン論』を書こうと決意するに至った。

新婚当時のリルケ夫妻　妻クララは彫刻家

リルケの生涯において、いわゆる水入らずの家庭生活のいとなまれたのは、この新婚当時のわずか一年三か月のみである。彼の飄々《ひょうひょう》とした風のごとき一生、みずからの詩の完成を求めて、欧州の果てから果てへさすらう一生は、実にこの時に始まったのである。彼の妻も芸術家で、仕事のために孤独を求めることを理解し得る人であったればこそなし得たことであって、世の常の結婚からするならば、彼らの結婚は当然破綻を招くべき運命にあったと言わなければならない。

リルケは一九〇二年八月二六日、単身出発、翌二八日パリ・トゥリエ街一一番地の下宿に旅装をといた。貧しい彼は石油ランプのにおう部屋に我慢せねばならなかった。妻は彼におくれること一か月余、一〇月初旬パリに到着した。二人は貧しさのため学生のように別々に宿をとり、妻は終日アトリエで働き、彼は一日中下宿にこもり、または図書館に通って『ロダン論』に没頭した。これより先、九月一日彼は初めて大学街一八二番地のアトリエにロダンを訪れた。爾来《じらい》この尊敬する偉人に親しく接して、彼はその芸術観や人生観から計り知れない大きな影響をうけるに至った。

短詩の集成『形象詩集』

この時代を代表する作品に『形象詩集』と『時禱詩集』とがある。『時禱詩集』三巻は、それぞれ一八九九年の秋、一九〇一年の秋、一九〇三年の春に一気に成った、いわば詩の群落であるが、『形象詩集』は断片的に生まれ出た比較的短詩の集成である。以下両詩集の代表的な詩篇を訳出、紹介してみよう。

『形象詩集』(Das Buch der Bilder) の初版本は一九〇二年、ベルリンのアクセル‐ユンカー書店から刊行された。左の一詩はもっとも愛誦《あいしょう》された作品で、詩人の晩年の神の思想への片鱗を示していると言えよう。

秋

木の葉が　散ってくる　遠い彼方から落ちてくるかのように
はるかな　み空の園が　枯れはてたかのようだ
ひらりひらりと　首を振りながら落ちてくる

そして　夜な夜な　すべての星から　重い土壌が
寂寥の虚空へ　落ちてゆく

われらも　みな落ちる　ここにあるこの手も落ちる
他の人を　じっと見つめるがよい　すべての人が落ちてゆくのだ

だが　ひとりの存在がある　このすべての落下を
限りなく安らかに　両手《もろて》の中へ　そっと抱きとってくれる　存在が。

三部構成の『時禱詩集』

『時禱詩集』（Das Stunden-Buch）は一九〇五年ライプツィヒのインゼル書店から上梓された。この詩集は三部から成り立っている。第一部「僧院生活の巻」（Erstes Buch : Das Buch vom mönchischen Leben）、第二部「巡礼の巻」（Zweites Buch : Das Buch von der Pilgerschaft）、第三部「貧と死の巻」（Drittes Buch : Das Buch von der Armut und vom Tode）である。

リルケはこの作品について、一九〇八年八月二六日、著名な哲学者ゲオルク＝ジンメル（一八五八～一九一八）に次のように書き送っている。「この作品は在来の作品群の中で、否定し去ることのできない唯一のものです。これは一つの力づよい静かな場をつくり、この先も私を助けつづけてくれるにちがいありません。さながら私よりもずっと以前から存在していて、私の一個の存在よりも大きな意味を持っております。」リルケが彼固有の作品の出発点を『時禱詩集』においていることが、この言葉によっても確かである。その表現と内容において、ドイツ抒情詩に一つの新しい様式を記したものといえよう。

第一部「僧院生活の巻」の主人公は、画家である僧院の僧が主人公となっている。ロシア旅行の影響が強くあらわれていて、おそらくヴォルガ河畔で見学した僧院の印象が強く影をおとしているのであろう。ただ、そこに詠われている神の概念は自由奔放であって、彼が生涯かかって追求した「神」への一つの道標を示しているものと言えよう。

われらの意識しないときにも
神は　成熟する

神よ　あなたは　偉大である
その傍に　わが身を近づけるだけでも
わが存在が消滅するほど　あなたは偉大なのだ

と、詠うかと思うと、

神よ　どうしますか、わたしが死んだら
わたしは　あなたの壺（もしわたしが壊れたら）

わたしは　あなたの御神酒《おみき》です（もしわたしが腐ったら）
わたしは　あなたの衣裳であり　生業《なりわい》です
わたしが無くなったら　あなたの意味も無くなります

と、詠う彼であった。

第二部「巡礼の巻」は一九〇一年九月一八日から二五日の八日間に書きあげられた。いわば新婚の家庭に生まれた一連の「いのり」の詩篇である。

わたしは　僧衣をまとうてあなたの前に跪《ひざまず》いた
今も　なお　その同じ人間です

と、詠っているように、「僧院生活の巻」の主人公は、そのままここにも主人公として引き継がれている。

この村に　最終《つい》の住家《すまい》が立っている
世の涯《はて》のような　寂しい家が
………

おりふし　夕餉時《ゆうげどき》に起床して
家を立ちいで　歩み　歩み　歩みつづける人がある――
どこか　東の方に　一つの僧院が立っているからだ

「巡礼の巻」が「僧院生活の巻」と内容に深い脈絡のあることは、これらの詩句によっても明らかに理解できる。

第三部「貧と死の巻」が書かれたのは、一九〇三年四月一三日から二〇日に至る八日間であった。第二部を執筆した当時から約一年半の歳月がながれている。

おお　主よ　おのおのに　おのおの死を与えたまえ
おのおの愛と心情《こころ》と悩みの秘められた
その生命《いのち》よりあらわれてくる死を　与えたまえ

O HERR, gieb jedem seinen eigenen Tod.
Das Sterben, das aus jenem Leben geht,
darin er Liebe hatte, Sinn und Not.

なぜなら　わたしたちは　ただ　殻《から》であり　葉にすぎない
おのおのがみずからの中に秘めている偉大な死こそ
すべてのものが　その周囲をめぐる　成果《みのり》なのだ

DENN wir sind nur die Schale und das Blatt.
Der große Tod, den jeder in sich hat,
das ist Frucht, um die sich alles dreht.

なぜならば　貧《ひん》は　内よりの偉大な光耀《かがやき》なれば……

DENN Armut ist ein großer Glanz aus Innen…

「貧」とは何か。貧《まず》しいという意味ではない。余計なものを振りすてた内よりのかがやきを意味している。リルケはアッシジの聖者フランチェスコ（一一八二?～一二二六）を心より尊敬し、「貧と死の巻」の巻末を、彼に捧げる長い詩篇によって結んでいる。世間的な財産を捨て、完全な清貧生活を送ることを誓い、乞食僧とも言われながら定住する僧院もなく、貧しい姿で托鉢《たくはつ》しながら各地を巡歴し、病人や貧者に奉仕した。このフランチェスコの「貧のひかり」の中に、リルケはみずからの詩のよりどころを求めたのである。『時禱詩集』が彼の詩業の土台となった所以である。

Ⅲ　ロダンとのめぐり逢い

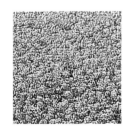

最初のパリ滞在

一九〇二年夏、一人娘のルートを妻の実家にあずけてパリに出たリルケ夫妻は、貧しさのゆえに同居もできず、夫は『ロダン論』完成のため、図書館通いや厳しい執筆がつづき、妻はロダンに師事しながら彫刻の勉学にはげんだ。そしてパリに出たこの年の年末には『ロダン論』が脱稿されるまでに至った。すっかり健康を害するほどの烈しい仕事であった。

『ロダン論』の完成

ロシア旅行の体験を経て、リルケは個性的な詩風を確立した。しかし彼はさらにやみがたい衝動に追われながら、より高い成熟を求めてひたむきな道を歩みつづけた。まことに彼の中年以後の生涯は、その一歩々々の歩みの積み重ねのあとであった。「僕は詩をいくつも書いた。ああ、しかし、年少にして詩を書くほど、およそ意味をなさぬことはあるまい。詩はじっと待つべきものだ。われわれは生涯を傾けて、それもできることなら、長い生涯を傾けつくして、意味と蜜を集めねばならない。そして、やっと最後に、一〇行くらいのすぐれた詩が書けるだろう。」この『マルテの手記』の主人公の告白ほど、リルケ自身の詩観を的確に言いあらわしている言葉は少ないであろう。

彼はロダンを知って芸術のかぎりない厳しさを改めて教えられた。『マルテの手記』の中で述べられた詩観も、ロダンの芸術に接しておのずから学びとった言葉であろう。彼が『ドゥイノの哀歌』や『オルフォイスにささげるソネット』の詩境に辿りつけたのも、ロダン体験なしにはあり得ないことであった。その体験の骨子を、彼の『ロダン論』から探ってみよう。

「ロダンは、名声を得るまでは孤独であった。そして名声を得てからも、いっそう孤独になったことであろう。なぜなら名声というものは、けっきょく、新しい名前のまわりに集まるすべての誤解の綜合にすぎないのだから……

彼は遠く探る。第一印象を正しいとせず、第二印象を正しいとせず、さらにつづくあらゆる印象をも正しいとはしないのである。彼は観察し、記録する。言うに値しない運動や、回転や、半回転や、四〇の痙攣《けいれん》や八〇の横顔を記録する。モデルの習慣的なものと偶然的なものをすばやく捉え、ようやく表情の生まれでようとするときの、または、疲労や緊張しているときのモデルを把握しようとする。彼はモデルの表情のあらゆる過程を知っており、その微笑が、いずこより来たり、いずこへ去るかを知っている。彼はさながらみずから登場している舞台のように人間の顔を体験する。彼は言わばそのただ中に立っているのであって、いやしくもそこに起こるものは、何一つ無意味なものはなく、また何一つ見逃さるべきものもないのである。彼は当事者に何事も語らしめず、みずから見る以外のものをいささかも知ろうとはしない。しかし、彼はすべてを見ているのである。」

ロダン　リルケは彼から大きな影響を受けた。

ここに芸術家ロダンの真骨頂が語られている。詩における浅薄な抒情性を払拭して、対象に浸透するたしかさを、リルケはロダンの彫刻から学んだのである。恐しい孤独な生活と烈しい勉強とは彼の健康を著しく害してしまった。彼は陽ざしの温かい気候のよいところへ逃げ出したくなった。そして翌年三月下旬曾遊《そうゆう》の地イタリアへ旅立った。だが、貧乏な彼は滞在費を父に無心している有様だったので、五月一日にはパリに引き返してしまった。ここで新しい仕事をするつもりだったが、重苦しいパリの空気は彼にそれをゆるさなかった。彼は妻とともに郷里へ帰り、娘ルートと一緒に暮らして静養につとめた。だが、これが、家庭人としてのリルケの最後の姿であった。やがて、一所不住の孤独な旅人の歩みが始まるのである。

芸術的真実の道
『新詩集』

ロダンの影響を深くうけたのち、孤独と漂泊の生活の中から生まれた詩業の代表的なものに、『新詩集』（Neue Gedichte 一九〇七）と『新詩集　別巻』（Der Neuen Gedichte anderer Teil 一九〇八）とがある。これらの詩はリルケを代表する後期詩集への掛け橋となっている。

『新詩集』では「豹」（Der Panther）という一詩が、代表的な作品としてよくとりあげられる。『別巻』をもふくめてこの詩集全体の動向の基調となるべきものであった。

豹

通りすぎる　桟《さん》のため　豹の眼はつかれはてて
もう　なにも　見えない
幾千もの　桟ばかりが　あるような気がして
桟のかなたに　世界は存在しないようだ

いと小さな輪を描いて　おりかえす
しなやかにして強靱《きょうじん》な　音無しの歩行は
大きな意志が麻痺して立っている
一つの中心を巡《めぐ》る　力の舞踏のようなものだ

ただ　折にふれて　瞳孔の帳《とばり》が
音もなくひらく——こういうとき　形象は映《うつ》り
静かな四肢の緊張をつらぬいてゆく——
けれども　心の中には　その跡形も残らない

この詩は、一九〇三年パリの植物園において成ったものである。たまたまこの詩が生まれた当日、詩人を訪れた若き閨秀彫刻家ドーラ＝ハイドリヒ（一八八四〜一九六三）は次のように語っている。

「カセット街の小さな小ざっぱりとしたホテル。狭い階段をのぼりつめた、左手の最初のドア。ノックする。小さな部屋へ入る。窓側の斜面机から立ちあがってライナー゠マリア゠リルケが迎えに来てくれる。彼はうれしそうに私の眼を見つめる。『今日はよく仕事ができました。聞いてくれますか。』部屋の隅に腰をおろしてじっと耳を傾ける。深い静寂の中から、ひびきが、声が、のぼってくる。それが姿となり、生き、輝き、そして死滅する……朗読者はその体験に感動して、へとへとにつかれて朗読を中止する。『植物園の豹』は、この日の午後生まれたのであった。」

豹をじっと観察しながら、作者自身豹と一体となっている。しかし、豹そのものではない。そこには、やはり、人間としての観察眼が働いている。彼がこの詩にどのくらいその心魂を傾けていたかは、ドーラ゠ハイドリヒの言葉によって明らかである。

リルケ自身もこの詩が自分の新しい道を切りひらいたものであることを、述懐している。「パリは――私の構成意欲の根底となりました。それは、ロダンの偉大な影響によるものでした。彼は抒情的で浅薄なものや、動きだけ烈しくて発展のない情感から生まれ出てくる安直な蓋然的なものを克服することを教えてくれました。つまり、それは、画家や彫刻家のように、徹底的に理解し追創造しながら、微細な点に至るまで自然を見つめて仕事をすることを義務とすることによってなされたのでありました。この厳格な立派な修練の最初の成果があの『豹』でした。――パリの植物園で作ったものです――この詩を見て下さるならば、その由来がわかっていただけると思います」（一九二六年三月一七日若き女友達へ）。この言葉は『新詩集』上梓当時、「私はできるかぎり芸術的真実の道を歩こうと試みています。それが私自身の道なのです。その道が、かつて私を『豹』へ導いてくれたのです」（一九〇七年九月一六日マノン伯夫人宛）と述べた確信が、晩年に至るまで変わらなかったことを物語っている。

この客観的な詩は、人によって異論のあるところではあろうが、これが一つのジャンルとしてゆるさるべきことは、争われない。つまり、リルケは彼自身の言葉のように、在来の感傷的抒情性のあらゆる流動的なものを払拭して、「物の詩」を打ちたてようと試みたのである。それが芸術家の道と心得たのである。この詩集においては、用語上でも自由律が用いられており、リズムにより雰囲気を生もうとする努力は少しも払われておらず、言葉はあくまで「物」自体の本質を描き出す道具となっている。しかし、まま世評で聞くように、これをもってリズムの破壊と見なすのはあやまりであって、この言葉の高揚と内律のゆたかさに気づかぬ者は、むしろ、抒情詩を解さぬ人と言うべきであろう。詩人自身によるこの詩の朗読は、聴く人たちに深い感動を与えたと伝えられている。

ロダンに捧げた『新詩集　別巻』

言うまでもなく『新詩集』の姉妹編である。しかも、詩風にはいささかのちがいもなく、また、収録詩篇の製作年月にも相互に前後があって、二つの詩集は或る意味ではまったく双生児と言ってもいいのである。リルケはこの詩集を恩師ロダンへ捧げている。献辞に　A mon grand Ami Auguste Rodin　というフランス語を選んだのも、外国語を読めないロダンへの顧慮からであった。

『別巻』に収められている詩の方がいっそう彫刻的要素に富んだものが多い。ギリシア神話に関するもの、旧約聖書に関するもの、犬、子供、乞食、老婆などを詠ったもの、そのことごとくが彫刻的手法によったものである。それは「物」を見きわめようとする精神に裏づけられているのであって、世評の如何をかえみることなく勇往邁進《ゆうおうまいしん》しようとする作者みずから心深く期する世界であった。その一種の客観的な手法は、時に訳筆のほとんど及ばない領域を表現している。

リルケは『別巻』について、ロダンに宛てて次のように書き送っている。「この詩集の中には、敬虔な気持ちで自然に即して仕事をした作品が収められております。先生のご高作や範例によってどのように徹底的に私が進歩させていただいたかを、お認め下さいますよう祈っております」（一九〇七年一二月三〇日）。ロダンに寄せる感謝の念がにじみ出ている。

『別巻』では「山」（Der Berg）という一詩をとりあげてみよう。これは、日本人にとって見すごしがたい作品だからである。

明治の初期に、日本からおびただしく流出した版画類は、欧米の識者たちに新鮮な感動を呼びおこした。フランスのエドモン＝ド＝ゴンクール（一八二二〜九六）が日本の浮世絵について研究を重ね『歌麿』（一八九一）や『北斎』（一八九六）というすぐれた研究書を発表して、当時の西洋画壇に影響を与えたことは、今日広く知られている。

北斎に触発された「山」

一九〇二年、リルケは、パリに出た。そしてリュクサンブール博物館ではじめて葛飾北斎（一七六〇〜一八四九）や鈴木春信（一七二五？〜七〇）を見て、その印象的手法に強く打たれた。生来彼は絵について深い洞察眼を持っていた。そのころ、彼ははからずもいま触れたゴンクールの『北斎』にめぐり逢った。それは深い感銘をうけたロダンの教えを、裏書きするかのような感動を彼に与えたのである。その当時、妻に次のように書いている。

「日本の偉大な画家北斎は、彼の描いた富嶽百景について語りながら、『わたしがどうやら島や魚や植物の真実な形や性質をのみこめるようになったのは、ようやく、七三歳にもなってからのことだった』と言っているのだ。」

これは、もちろん、ゴンクールの『北斎』で勉強した富嶽百景前編の跋文中にある北斎の言葉である。リルケを感嘆せしめたその跋文の一部を示せば、次のとおりである。

「己六歳より物の形状を写すの癖ありて、半百の頃よりしばしば画面を顕すといへども、七〇年画く所は実に取るに足るものなし。七三歳にして稍禽獣虫魚の骨格草木の出生を悟し得たり。故に八〇歳にしてますます進み、九〇歳にして猶其奥意を極め、一百歳にして正に神妙ならんか。百有十歳にしては一点一格にして生るか如くならん。願くは長寿の君子予か言の妄ならざるを見たまふへし。」

天才北斎にして、なおこの言葉があった。芸術にたいするその厳しさにリルケは圧倒されたのである。彼が『マルテの手記』の中で、生涯を傾けつくして、「やっと最後に」一〇行くらいのすぐれた詩が書けるだろう、と言ったのは、この北斎の言葉に強く動かされてのことであった。

彼は一九〇四（明治三七）年夏、スウェーデンに旅をしたが、その途次デュッセルドルフにおいて、北斎、喜多川歌麿（一七五三?～一八〇六）、鳥居清長（一七五二～一八一五）ら多くのすぐれた日本の浮世絵を学んだ。スウェーデン旅行中には北斎の『漫画』をたずさえていき、折にふれて飽かず眺めては、その手法に感嘆した。『漫画』は森羅万象の姿を描いた、いわば北斎のスケッチ・ブックを集大成したものである。リルケは旅先から妻に宛てて、「北斎をたくさん勉強したよ」と書き送っている。

彼は、また、一九〇七（明治四〇）年秋パリのサロン－ドートンヌにおいて、マネ、セザンヌらに深い感銘をうけたが、彼らの手法の中に日本画家の影響のあることを指摘している。もっとも、これは、彼の創見ではないが、リルケ自身彼らの絵を目のあたりに見て、みずからの確信を述べているところに、やはり意味がある。

ともあれ、北斎はリルケの心魂をとらえた。それは、後年になっても変わらなかった。年少のころの作品の軽薄さを深く恥じ、真実の新たな道を模索したとき、老北斎の生き方に教えられたことを、晩年に至っても彼は述懐してはばからなかった。『新詩集　別巻』の一詩「山」は、北斎が富士山にいどむ芸術的世界の厳しさを描き出そうとした作品である。

山

三十六たびも　百たびも
かの絵師は　かの山を描いた
つきはなされ　また　ひきつけられて
（三十六たびも　百たびも）
あの不思議な火の山へ
歓喜《よろこび》にあふれ　期待にわななき　ひたすらに――
だが　描かれた輪郭は
あの壮麗を　とらえるよしもなかった

みな　物たりぬもののように
あらゆる日から　千たびも浮かぶ形像《すがた》を
また　夜の形像《すがた》をも　ことごとく切りすてた
一つ一つの形像《すがた》を　瞬時に想定しながら
形より　形へと　のぼりつめていく
無心に　ひろく　無想のままに――

突如　はたと感受する　すべての山襞《ひだ》のかげに
幻影《まぼろし》のように　聳え立つ形像《すがた》を

「三十六たびも　百たびも」と言っているのは、「富嶽三十六景、富嶽百景」などの言葉と照応しているものと考えられる。ともあれ、この一詩も、中期のリルケの詩風をよくあらわしている。

『マルテの手記』――創作における画期

中年期の一大記念塔

通称『マルテの手記』と呼ばれているこの作品の正確な表題は『マルテ＝ラウリス＝ブリッゲの手記』（Die Aufzeichnungen des Malte Laurids Brigge）という。この作品はリルケ中年期の一大記念塔である。リルケはこの三〇〇ページ足らずの手記を書きあげるのに、六年の歳月をついやしている。三〇〇ページ足らずの小説を書くのに、六年という歳月は、けっして短い時間ではない。どんなに彼がこの小説を書くのに心血をそそいだかは、「この仕事が終わったら、死んでもいいとさえ、時おり思うほどです」と、出版社主アントン＝キッペンベルク（一八七四～一九五〇）に書き送った彼の言葉が、もっとも雄弁に物語っている。

正確に言うならばこの手記の筆を執り始めたのは、一九〇四年二月八日であり、筆をおいたのは、一九一〇年一月二七日であった。彼は、ローマのポルタ＝デル＝ポポロの大庭園の一隅にあるささやかな建物の中で、ひとり自炊生活をいとなみながらこの小説の稿を起こした。そして彼の長い『マルテの手記』の旅路に終止符が打たれた日は、ライプツィヒのインゼル書店の「塔の間」にあって、タイピストに最後の口述を終わったのである。

リルケが初めてパリに出たのは、一九〇二年八月二八日であった。彼はトゥリエ街一一番地のラ

キッペンベルク夫妻　リルケを生涯助けたインゼル書店の社主。

タン館という下宿屋に旅装をといた。そのころ受けた大都会の印象、不安と混迷の逆巻くパリの都を、そのまま彼はマルテに語らしめている。「失われたもの」「解体されたもの」のような大都会の姿に、リルケはびっくりした。人間はあくせくと生き、あくせくと死に、ここではもはやユニークな生き方をしている人は、一人もいない様子であった。自分の姿をかえりみれば、「ひとりぽっちで、何一つ持っていない。ただ一個のトランクと一つの本箱を持って、世界中を歩き回っている……」という有様だった。こういう大都会の人間的孤独の中へ投げ出された詩人がとらえたのは、何であったか。それは、やはり、人間とは何ぞや、生きるとは何ぞや、ということだった。パリのどん底生活に恐怖を感じた詩人は、それをよりどころとして、人生の真の姿を考え、かつ、描こうとした。

『マルテの手記』はパリの印象から筆が起こされているのであるが、ロダンの芸術的手法を学んだ、簡潔で、しかも対象に浸透してゆく文体が発端部の訳文からもうかがえることであろう。

「　　　　九月一一日　トゥリエ街にて

まあ、要するに、人はみな生きるためにここへやって来るのだが、僕にはむしろ、ここは死にやすい所ではないか、というふうに思える。今、外出から帰ったところだ。目についたのは病院ばかりだった。ふらふらとよろめいて倒れる男を見た。みんなが彼をとりまいたので、その先の様子は、見ずにすんだ。一人の妊婦を見た。日射しでぬくもった高い石塀にそいながら、大儀そうにゆっくり歩いていた。彼女は時おりその塀に手をふれた。まだ塀がつづいているかどうかを、たしかめてみるかのように。たしかに塀はまだつづいていた。その中は？　僕は地図を調べてみた。産院だった。なるほど。お産をさせてもらえるのだな――それが、できるところだ。」

『マルテの手記』の構成

この小説は、普通の意味の小説ではない。一定の物語が筋を追って展開しているのではない。全体として六五のパラグラフから成っている断片的な手記である。それでいて、全体として一つのまとまりがある。それは、人間とは何ぞや、人生とは何ぞや、という問いかけである。

この小説の主人公にはモデルがあった。それは、シービョルン＝オプストフェルダー（一八六六～一九〇〇）というノルウェーの作家であった。この作家は一九〇〇年に三三歳で世を去っているが、リルケは偶然読書の折に発見したのである。そしてこの作家に親しめば親しむほど、彼が自分の分身のように感じられた。彼の『或る牧師の日記』という作品は、神に近づこうとめちゃくちゃな努力をしたにもかかわらず、ますます神から遠ざかり、あげくのはてには、熱病のような精神疾患に侵されて死んでしまう、という物語である。たえず芸術的な真実を神をとおして求め、たえず運命の苛酷と戦いつづけていた当時のリルケにとっては、このノルウェーの作家が身近に感じられた

パリ時代のリルケ　ビロン館の自室にて

にちがいない。

ところで、六五のパラグラフについて梗概《こうがい》を述べることは、もとより不可能である。ただ、ここでは、いくつかの重要な項目を順序を追ってとりあげ、読者の参考に供したいと思う。

「パリの生活」　さきにも述べたように、大都会で得た強烈な印象がこの手記の発端をなしている。彼は大都会に否定的な反発を強く感じたのであるが、やがて、パリの持つ無関心、孤独などに惹かれていつしかパリを愛するようになった。そしてパリのどん底生活に人間存在の裏側を見ようとした。

「死」　死は、『マルテの手記』の一つの大きなテーマである。死は人間にとってもっとも厳粛な問題でなければならない。それなのに、ちょうど大量生産の既製品を買い求めるように、人はあっけなく安直に死んでいく。十把《ぱ》ひとからげの取り扱いだ。そこには、もはや、ユニークな生き方も、ユニークな死に方も存在しない。このことは、現代にたいする的確な予感であって、人間疎外は、リルケの時代、すでに詩人によってえぐられていたのである。

「詩と孤独」　マルテは孤独である。この手記の全編に孤独感が浸透している。孤独は、ひがみでも、みえでもない。真に創作を打ち出すために必要なのは、孤独でなければならない。孤独は芸術家の集中を意味している。

「少年時代の想い出」　マルテの少年時代の想い出は、この手記の中で大きな位置をしめている。ブリッゲ侍従の死。クリスティーネの幽霊の話。インゲボルクやマティルデの話。エーリクの想い出。子供のころの病気の話。母と祖母の関係。アベローネのこと。ブラーエ伯爵の物語等々。これらの一連の話にはもっとも小説らしいフィクションがうかがわれる。デンマークやスウェーデンへの旅が、その舞台として設定されている。この辺に物語作家としてのリルケの面目がある。

「愛」　愛の問題はこの小説のもっとも大きなテーマの一つであると同時に、リルケの生涯の問題でもあった。彼が強調したのは「愛する女性」(die Liebende) であった。相手の出方如何で変化するのではなくて、母の愛のように積極的な愛に生きる女性たちをほめたたえているのである。こころみにその中の一人ポルトガルの尼僧マリアンナ＝アルコフォラド（一六四〇〜一七二三）の場合をとりあげてみよう。

彼女は一二歳のころ尼僧院に入れられた。当時良家の娘たちは年少にして修道院に入れられる慣習があった。一六六五、六年のころ、ポルトガル独立戦争援助のためポルトガルに来ていたフランスの若き士官シャミリー伯爵と恋に陥った。しかし彼は一場のロマンスの夢として彼女を棄てて、一六六七年帰国してしまった。マリアンナはその後五通の手紙を彼に送った。これが、世に有名な「ポルトガル文《ぶみ》」である。

リルケは彼女の愛情の中に、もはや所有を必要としない愛の真実を見た。「愛されるだけの人間はつまらぬ生き方をしているのであり、また、危険でもある。ねがわくばみずから克服して、愛する人間となりたいものである。彼女は一人の男性のために嘆くのであるが、山川草木ことごとくこれに唱和するのだ。それは、一人の永遠の男性にたいする悲嘆である。」

彼は世界史の中にこれらの女性を博捜《はくそう》し、情熱をこめて語っている。

「神」リルケの一生は、或る意味で、神の探究であり、創造であった。リルケの神の考えは、生涯発展しつづけて、しまいには禅の「無」にたいへん近いものとなったが、ここでは、まだその途中にある。彼の神は既成宗教のそれとはいささかなかかわりもない。神はつねに求めて、未来に創造していくものである。神の創造した人間世界は欠陥にみちた、不完全なものである。完全なものに近づこうとするために、人間は神の力を求めねばならない。その人間のいとなみ、直接神の国へ成熟してゆこうとする努力の中に神は示現する。しかし、神はつねに遠く、つねに把握することができない、無限の成熟への道のみが神の国につながっている。

「ヴェネツィアへの旅その他」巻末ちかくにヴェネツィアでの記述があるが、それには、一九〇七年晩秋この地を訪れた印象が、想い出のモザイクとしてちりばめられている。アベローネは架空の人物であるが、この女性には作者の深い感慨が秘められている。リルケが少年時代淡い恋心を抱いた従姉イレーネ゠フォン゠クッチェラ゠ヴォボルスキー（一八六四～一九一一）の面影もおのずから伝えられており、巻末ちかく、はからずもヴェネツィアで想い出す彼女の姿には、美しいヴェネツィアの乙女アルデルミーナ（ミミ）゠ロマネリの姿が秘められている。アベローネはマルテの母の末娘であるが、この手記の中に、一つのロマンチックな息吹きを与えている。

なお、この手記には、執筆中訪れた南仏プロヴァンスの旅にちなむ、アヴィニョンの歴史、オランジュの古代劇場、レ-ボー地方の風土と歴史なども、興味深く描かれている。

「放蕩息子の伝記」 この手記の最後のパラグラフは、旧約聖書の放蕩息子の物語で終わっている。この伝説にリルケ流の解釈を加えたものであるが、それには、多分に彼自身の内面的な体験があずかっている。放蕩息子がそっと帰って来ると、家人はそれをゆるすという、世のつねの愛情物語なのだが、彼はその息子に彼自身の解釈を加えたのである。リルケは幼少のころから育ったプラハの俗物的な環境をにくみ、芸術の道へ進もうとした。それは、家庭でも、親戚のあいだでも理解されなかった。俗物的世界に徹底的にそむくことによってのみ、可能であった。その孤独な歩みの中に彼はひたすら神を求めた。このリルケの心境を放蕩息子の物語に結びつけてみると、はじめて愛されるということを拒むという意味がはっきりわかってくる。彼にとっては、平俗との妥協のないところにのみ、真の芸術への道も、神の探究への道もあったのである。

二つの作品のもつ意味

「この作品のもつ意味」 この手記は或る意味では社会的矛盾がさらけ出されている時代を背景に描かれた、人間性復活の書である。「私はマルテとともに絶望のどん底に徹してあらゆるものの背後にまで入りこんでしまいました。或る意味では死の背後にまで入りこんだので、これ以上可能なことは何一つなくなってしまいました。」リルケは『マルテの手記』完成後、タクシス侯爵夫人にこう書き送っている。人生の姿を、彫刻家や画家が表現対象を見つめる態度で眺め、それを描き出そうとした。人生のどん底を描いたのは、単に絶望のためではなく、そこから真の光を捉えようとする出発点としたかったからだった。

トゥルン＝ウント＝タクシス侯爵夫人　リルケの恩人

彼は若い読者にたいして次のように説明している。「あまりマルテに深入りしてはなりません……貧しいマルテが破滅するのは、まったく彼自身の問題であって、私たちの意に介する必要のないことです。ただ大切なのは、非常に偉大な力が私たちと深いかかわりを示していることです。これこそ、いつか指摘する人もあることでしょうが、この本のモラルであり、マルテ存在の根拠です。この手記は極端なまでの苦悩を描きながら、それと同じ力を充実せしめることによって、いかなる高さにまで歓喜《よろこび》がのぼり得るかを示しています。」

彼が描いたのは芸術的凝視の世界であった。真実に物を見きわめようとすれば、貧も、醜も、死も、不安も、すべての人間とは切っても切れない存在である。それは、真実な芸術への道、つまり、無限な神への道である。

『マルテの手記』の内面世界への視点は、その簡潔な文体と相まって、ドイツ文学史の中でも一つの特異な意味を持っている。リルケ自身いくたびも表現しているように、この作品は彼の創作生活における一つの大きな段落であった。これ以後の彼のすべての歩みは、その最大の目標であった

『ドゥイノの哀歌』への道程にほかならなかった。

Ⅳ　『マルテの手記』以後

漂泊の旅

居を定めぬ旅　『マルテの手記』は彼の人生の一つの大きな峠であった。この作品を書きあげたのちのリルケは、一種の虚脱状態に陥った。根《こん》をつめた六年間は、健康的にもひどく骨身に応《こた》えたのであろう。

作品の上梓のため帰国した彼は、しばらくのあいだ妻や娘のいるベルリンの家庭ですごした。だが、詩を求めてやまぬ詩人は、いつしか漂泊の旅に明け暮れる人となった。彼は妻のもとからイタリアへの旅路についた。イタリアはなつかしい曾遊の地である。彼はイタリアの孤独と太陽のひかりを求めたのである。一九一〇年三月一九日、彼はローマに着いた。ここにひと月滞在。その後マリー＝フォン＝トゥルン＝ウント＝タクシス＝ホーエンローエ侯爵夫人（一八五五〜一九三四、以下タクシス侯爵夫人と略記）の招きをうけて「ドゥイノの館」の客となった。ここに一週間余り滞在し、ルードルフ＝カスナーとめぐり逢う機会を得た。カスナーは詩人をもっとも深く理解した哲学者であった（一三九ページ参照）。詩人が畢生《ひっせい》の大作に『ドゥイノの哀歌』（Duineser Elegien）と命名したことを想えば、この滞在が詩人にとってどんなに深い意味を持っていたかが理解できる。

五月中旬彼はパリへ帰ってきた。その後間もなく『マルテの手記』の新版がとどけられた。長い間苦楽をともにした自己の分身にめぐり逢うような喜びを彼は感じた。にもかかわらず、新たな創作のため再び集我の生活に入るには、詩人はあまりにも落ち着けぬ心境にあった。歌人若山牧水（一八八五〜一九二八）は、

幾山河越えさり行かば寂しさのはてなむ国ぞ今日も旅ゆく

と詠ったが、リルケも転々と居を定めぬ旅に明け暮れていたのである。

アフリカ旅行の企てもその一つのこころみであった。詩人は「ドゥイノの館」でカスナーと知り合い心ゆるす仲となったが、カスナーの紹介でフランスの作家アンドレ＝ジッド（一八六九〜一九五一）とも親しくなり、終生刎頸《ふんけい》の交わりを結ぶようになった。『リルケ・ジッド書簡集』の編纂者ルネ＝ラングは、リルケのアフリカ旅行に触れてこう述べている。「アンドレ＝ジッドはおそらくリルケの旅程をたてる手伝いをしたり、助言を与えたり、あるいは推薦状を書いてやったりしたことだろう（ちょうど、かつてカスナーやその他の友人達にしてやったように）」。

アンドレ＝ジッドは一八九三年に、しばらくアルジェに滞在し、その地に非常に好感を抱いていた。事実彼はリルケの要請にたいして、「あなたがアルジェへ旅をされることを大へん羨しく思います。お望みならば、私のできるだけのことをお知らせいたしましょう。オーテーユへおいで下されば、アルジェの美しい写真もお見せいたしましょう」と、答えている。オーテーユとはパリにおけるジッドの住居のある所であった。

この旅行は何びとかに招かれて行をともにしたものである。一九一〇年一〇月一八日付妻宛ての

書簡の中で、詩人はこう語っている。「ようやく来週初めにはアルジェに行くことが、ほぼ確実になった。ミシュレ街のサン＝ジョルジュ＝ホテルだ。すばらしい旅をいっしょにするようにという招待をうけたのだ。チュニスを経てたぶんエジプトの方へも行くことになるだろう。旅についてはそのつど便りをする。」しかし旅の相手が誰であったのか、明らかではない。たぶん、リルケにとっては、外的には甚だ不幸に終わったこの旅行を、相手の名誉のためにその名の発表を差し控えたのであろう。

一九一〇年の一一月末から四か月にわたって行われたエジプト旅行は、表面的にはまったく失敗の旅であった。彼はこの旅についてこう語っている。「私は晩冬アルジェ、チュニス、エジプトなどを旅行して来ました。残念ながら環境があまりにも私に適応しなかったために私の跨位も姿勢もめちゃくちゃとなり、揚句の果ては逸走する馬に振り落とされて、鐙《あぶみ》に足をつっこんだままあちらこちらへ引き回されている体たらくになってしまいました。なさけないことでした。しかし、おかげで少しは東洋もわかり、ナイルの船の上からアラビアの風物にもなじむことができました」（一九一一年一二月二八日、ルー＝アンドレアス＝ザロメ宛）。ここには不運に遭遇した自分の姿が戯画的に描かれながらも、旅の効果にたいする反省もいく分かは述べられている。

疲労困憊《こんぱい》して表面的にはまったく失敗に終わったように見えるエジプト旅行も、一九一四年の初頭にはすでに立派な稔りとなりつつあったのである。「エジプト彫塑にたいするきわめて重大な提言の決定的な言葉は、パリへ帰ってからお書きすることにいたしましょう。……最高の意味でそれを実現することができるならば、なんとすばらしいことでしょう」（一九一四年三月一八日、アントン＝キッペンベルク宛）。このような過程を経て、エジプト旅行の成果は、彼の心の空間の光に照らされて詩的表現の対象となる日を待っていたのである。詩人のもっとも親しかった友の一人カタリーナ＝キッペンベルクは、その著『ライナー＝マリア＝リルケ』（一九四八）の中にこう記している。「いくたびか彼自身が述べたように、リルケはまたエジプトへ旅をしたがっていた。彼は言った、エジプト人たちは世界最大の彫塑家たちである、と。彼らの柱像や宮殿やスフィンクスを、リルケは、哀歌の天使に示しているのである。」

心の郷土パリ

リルケがアフリカ旅行からパリへ帰ったのは一九一一年の四月六日であった。ライラックの花もいつしか盛りをすぎ、紅花のさんざしは咲き乱れ、カスターニエンの新緑が町や塔を包もうとしている。この都に住む人々のいとなみはもとより知るよしもないが、彼らはたがいにかかわりもなく、あくせくと立ち振る舞っている。リルケにとっては、「いつも思いがけない時に帰ってくる、いつもなつかしいパリ」である。大都会の中の孤独。精神的故郷という言葉がゆるされるならば、パリはもはや彼の故郷となっていたのである。旅より帰り、また再び旅に出てゆくところ、それは、いつもパリである。彼はこの都にほぼ三か月滞在、夏はボヘミアへ旅をし、さらにドイツの各地を歩きまわり、仲秋ドゥイノへ赴くに先立ってふたたびここに帰っている。長途の旅の疲れがあったにもかかわらず、この三か月は詩人の心に一種の意欲を生む機縁となった。モーリス＝ド＝ゲラン（一八一〇〜三九）の遺作『半人半馬《ケンタウロス》』その他の翻訳も、この期間に生まれた。

なお、この期間に、詩人の生涯の心の友となった、カスナーやジッドらとの交友がいっそう内的な親しさを深めていったことは、詩人の生涯を考える上からも、けっして軽々しく看過されてはなるまい。

ドゥイノの城　当時オーストリア領のアドリア海を見はるかす孤城。海抜二〇〇フィートの断崖の上に、今もなおそのローマ式の原型を保っている（第一次大戦中砲撃をうけてこの城は破壊されたが、その後修復されて今日に及んでいる）。この花崗岩の城塞にはあまたのバルコニー、テラス、アーケード、泉水などがあって、文芸復興期以後のイタリアの影響が色濃く示されている。種々の変遷を経て当時この城はホーエンローエ侯爵家の所有となっていた。晩秋の薔薇。渓谷に咲くシクラメン。お伽の国の別世界のように、その寂しく壮麗な姿は断崖のふちに立って大空の弧の中に、ぽつりと浮かんでいる。

このタクシス侯爵夫人の居城を、リルケはその生涯に前後四回訪れている。

一九一〇年四月二〇〜二七日
一九一一年一〇月二二日〜一九一二年五月九日
一九一二年九月一一日〜一〇月九日

一九一四年四月二一日〜五月初旬

とくに第二回目の滞在は、彼の畢生《ひっせい》の作品である哀歌の胚胎した時である。『ドゥイノの哀歌』という名称も、この地名にちなんでいる。第一回、第二回の滞在はとりわけ詩人に深い印象を与えた。彼は夫人に誘われたとき、ここをかつてのヴィアレッジョのように想像していた。あの笠松の林のつづく海岸。たくさんの「少女《おとめ》の歌」と『時禱詩集』の詩句の生まれ出たところ。彼がかぎりないたましいの平安を呼吸し、休息と集我とを得たところ。ドゥイノの海岸の険しい巖石は、花の咲き乱れている地中海の岸辺とは似ても似つかぬところではあったが、彼がここに心の安息を得て、新しい詩人の道にわけ入る足場を得たことは、やはり彼の予感を裏切るものではなかった。

長期にわたった第二次滞在の一二月半ば、侯爵夫人はウィーンに去り、リルケは二人の召使と共に広い邸内に取り残された。冬のアドリア海を吹きすさぶ北東風《ボーラ》とシロッコ（アフリカ方面から吹きよせる風）とのたえざる変転は、弱々しいリルケの神経に打ちひびいて、その気候ばかりでなく、その住居にさえ一種のいらだちをおぼえる時もあるほどであった。このような沈潜と焦慮の繰り返しは、いつしか彼を、孤独な集我の中へ誘《いざな》っていった。一月中旬、突如新しい詩作が生まれ出た。第一哀歌と第二哀歌の完成。第三及び第一〇哀歌の一部。その他の断編。だが、この大作はもとよりパトモス島で神の声を聴いた聖ヨハネのように、感動の嵐が突如として詩人を襲ったのである。第一気呵成《かせい》に完成しうるものではなかった。『ドゥイノの哀歌』が完成するにはなお一〇年余りの歳月を必要としたのである。

ゲーテの詩への親近感

このころリルケがゲーテの詩に深く惹かれるようになったことは、彼の詩人としての完成の上にも一つの大きな推進力となった。ゲーテ研究家でもあったアントン゠キッペンベルクがリルケに朗読してやったゲーテ晩年の一詩「大地の空に浮遊する精霊」に、リルケの心の琴線に触れるものがあった。

昼は　遙かな
青い山々に　心さそわれ
夜は　無量の星の数々
うつくしく　わが頭上に輝く――
すべての昼と夜とを
人間の命運と共に　褒め称えよう、
永久《とわ》にみずからをしみじみと思うならば、
人間は　永久《とこしえ》に　うるわしく偉大である。

ゲーテ嫌いであったリルケにも、これは、なんという親近感であろう。このゲーテの晩年詩は、リルケの晩年の詩境にいちじるしい類似をもっている。「地上にあるはすばらしきことかな」（「第七哀歌」）といい、「褒め称えることこそ！」（『オルフォイスにささげるソネット』第一部第七）というも、このゲーテの詩想とのあいだに、いかほどのへだたりがあるであろうか。リルケがこの詩句に執着をおぼえた心情も素直に理解できるし、彼の未来の詩興への本能的な反射にも、はなはだ深い興味をおぼえる。

親友カスナー

リルケの生涯にもっとも影響を与えた友人の一人はルードルフ＝カスナーである。

リルケがカスナーを初めて知ったのは、一九〇七年の秋であった。ホーフマンスタールの紹介でウィーンの寓居に彼を訪ねたのである。カスナーは初対面の印象をこう語っている。「最初の挨拶の言葉が終わると、私の感心したことは、彼が生粋のオーストリア人でありながら、ウィーンをまるでよその国の都のように語り……中心をなしている劇場やオペラをもまったく無視している様子であった。彼にとって意味あるものは、ロダンであり、パリであり、ロシアであり、北方の二、三のドイツの村であり……」（『リルケとマリー＝タクシスとの往復書簡』より　一九五一）。

ここでも、一所不住の旅人の本質が浮き彫りにされている。二人はすぐ親しくなった。直感的に相ゆるす仲となったのである。

彼らの交際がもっとも緊密だったのは一九一〇年から一四年ころであったが、そのたびたびの接触を通して種々の議論を重ね、それが一層相互の理解を深める結果となった。カスナーはいわゆる在野の哲学者であって、一種独自な世界を持っていた。彼は小児病のため幼時から足に障害があった。このことが彼を非常に内向的にして、空間を重視する彼の哲学を展開させたのであり、それが

カスナー　1907年以来、リルケと親交を結んだオーストリアの哲学者で文明批評家。

また、リルケの哀歌やその他の晩年詩にも大きな影響を与えたのである。カスナーはその『想い出の記』（一九五四）の中に記している。「一九一四年六月、私たち二人は、あのアドリア海岸の城、ドゥイノの客となっていた……たまたまその庭園を二人で歩いていたとき、ゆくりなくも話がキリストのことに及んだ。福音書の受苦者としてのキリストよりも、神人としての、仲介者としてのキリストの姿が論じられた。あの時リルケが私に述べたことは、彼自身にとっても意味深いように思われた。自分と神とのあいだには仲介者はいらない、いかなる意味においても仲介者は理解しがたい。神とのつながり、神との結びつきをキリストは邪魔するというのである。……」

カスナーは『想い出の記』、『交友録』及び『リルケとマリー＝タクシスとの往復書簡』の序などにおいて簡単なリルケ論を書いているが、いずれも詩人の特質を的確に捉えたすぐれた文章である。彼は、『想い出の記』でさらにこう述べている。「リルケ文学の帰着する点はどこであろうか。それは、空間に対する彼の感覚である。あらゆるものを空間の中におき、空間的なものに変貌する彼の手法である。空間に視点をおいて彼の詩を初めから読み直してみるとよい。そのような空間比喩の引用で直ちに全ページを埋めることができるであろう。リルケの精神に一つの概念というものがあったとしたならば、あるいはあり得たとしたならば、それは空間以外の何物でもなかった。透視者の空間、神が『創造者の手』によって物をその中へおく空間、変転の神話的空間、それは同時に神と子供の世界でもあった。リルケの精神にたいする概念というのは、全体をつかむもの、理解しつつ理解せられるもの、全体を包含するもの、世界の垣なのである。」

リルケとの交わりは、むろん終生変わることがなかった。ただリルケが早く世を去ったため、一九三〇年代に出たカスナーのすぐれた諸著を、リルケはむろん読めなかった。カスナーは詩人が男性の友人として深く信頼した、ほとんど唯一の人と言っても過言ではないであろう。

スロアガを通して

スペイン旅行はリルケの後半生に大きな影響を与えた。この旅行が直接いくつかの詩作品を生む機縁となったばかりでなく、彼の心的風景にゆたかな奥行きを与えたことは、詩人自身の語っているとおりである。いったいどんなきっかけからスペインへ旅するようになったのであろうか。

一九〇二年秋ロダンの門をたたいたとき、その当時すでに敬愛していたスペインの画家イグナシオ＝スロアガ（一八七〇～一九四五）がパリに住んでいることを知り、詩人は彼と交わりを結ぶようになった。スロアガの芸術と人間的魅力が、やがて詩人の関心をスペインそのものへ強く惹きつけるようになったのである。

スロアガの作品や人間にたいする憧憬《しょうけい》は、当然『スロアガ論』を書こうという望みを詩人に抱かせた。当時スロアガはロダンと並んでリルケにもっとも強烈な印象を与えた芸術家であった。その影響がどんなに深く浸透していたかは、次の彼の言葉が物語っている。「私たちは今ではもはや故郷というものを持っていません。私たちはささやかな家庭をもすててしまいました。それは、よく私たちの仕事に仕えるためでした。そして、その仕事の中の一つに、当初から他のものよりいっそう私の愛してきたもの、それを、いつの日か全力を傾けて果たそうと思っているものがございます。それは、あなたの芸術についての書物です」(一九〇三年四月九日)。この希望はしばらくリルケの心をとらえて放さなかった。

しかし、実際は、スペイン旅行はできなかったし、『スロアガ論』も書けなかった。北欧旅行後ロダン邸に起居するようになり、さらに『新詩集』『マルテの手記』などを執筆することによって、彼の歩く道が必ずしも計算どおりには進まなくなってしまった。けれども、このあいだにスロアガとも親しく往来する機会を得、彼をとおしてエル=グレコの絵を知るようになり、それがスペインへ新たな憧憬を抱く動因となった。スロアガ自身の言葉によれば、一九〇四年から〇七年のあいだに彼はリルケにグレコの絵を親しく知らしめたということである。それらの絵は、当時スロアガがパリのアトリエに持っていた「聖アントン」「聖フランシス」「聖母マリア」などの絵であった。

スペイン旅行

グレコ熱にとりつかれたリルケは、ついにスペイン旅行を決意するに至った。彼は一九一二年一一月一日、あこがれのトレドに着いた。「……夢中で旅をして来ました。そして今こそ言えるようになったのです。これがトレドだ、これがトレドだと……私の信念がいささかも幻滅を感じぬほどまったく純粋に完全な姿で、ふたたび私の心の中へ刻み込まれています。実際、私はここに、期待に期待を、希望に希望を重ねています」（一九一二年一一月四日、アントン＝キッペンベルク宛）。彼が心に描いていた姿と目《ま》のあたりに見たトレドの町には寸分の狂いもなかった。彼は驚喜して狭くて険しい街々を歩き、奇異な橋を眺《なが》めた。トレドは彼が哀歌の世界を想定するのに必要な心的風景の現実的なあらわれであった。それは「天と地の町」であった。「なぜならば、トレドは実際に天と地のあいだに跨がって存在し、それは存在するあらゆるものを貫いています。……トレドは、死んだ人たちの眼にも、生きている人たちの眼にも、また天使たちの眼にも、同じ程度に存在しているのです」（一九一二年一一月一三日タクシス侯爵夫人宛）。彼はかつてグレコの「嵐のトレド」の前に立った感動を、いまトレドの町自身の中においていっそう切実に体験することができた。彼の哀歌の天使のように、いま彼は、天と地に跨がって存在する世界を目前に凝視したのである。

彼はロンダで、「マリアの昇天」という二編の詩を作っている。それらの詩では、彼が芸術的に描いている内部の世界、つまり彼のいう「開かれた世界《ダス—オッフェネ》」とグレコによって描写された宗教的世界とが、一致した姿をとっている。元来、宗教の世界とリルケの芸術的内界とのあいだには厳密な相違が存在するのであるが、グレコが表現した憧憬の世界がリルケ自身の精神的風景とその形においていちじるしく重なりあっているので、このような詩が生まれたものと見なければならない。マリアが天と地に住む恵み深い女性であるように、トレドは天と地につながる彼の心的風景のふるさとであった。

トレドは大きな感動であった。しかし、ここで「哀歌」を完成しようとする彼の野心は稔らなかった。一二月に入ると西北の風の吹きすさぶ寒い気候が彼の健康に耐えられそうもなかった。心ならずもトレドを去って、どこか南方の地を求めねばならなかった。彼は一二月一〇日、ロンダに落ち着いた。翌一九一三年の二月一八日までここに滞在した。ロンダはマルガラとジブラルタルのあいだに位置する、山嶽に取り囲まれた小邑《ゆう》である。ここの自然も哀歌の天使の住む予感にみちた世界ではあったが、なんといってもスペインの冬は彼の健康には堪えがたいものがあった。彼は二月一八日ロンダを出発、途中マドリッドに一週間滞在、二月二七日、パリの新居へ帰って行った。

かつてロシア旅行のあとには新作がぞくぞくと生まれ出たが、トレドの烈しい印象にもかかわらず、スペイン旅行のあとにはそのような結果は生まれなかった。それは、詩人自身がまだ創作的に困難な成熟前であったことと健康的な衰えとの理由から、その成果が容易に結ぶことを期待できなかったからにほかならない。その上、第一次世界大戦がひきつづいて勃発したため、この旅の稔りは詩人の心の園に長いあいだ静かに培われる結果となった。「哀歌」の完成は彼の悲願であり、いわばこの夢を抱きながら戦争の試練に彼はじっと耐えていたのである。ともあれ、スペイン旅行が「哀歌」完成への一つの重要なステップであったことを、私たちは忘れてはならない。スペイン旅行の根本的意義は、「哀歌」の背景としての体験である。彼がスペイン滞在中「コーラン」を耽読し、キリスト教とはまったく異なった、イスラム教に近い天使の概念を作ったのも、このころの収穫と考えられる。彼の後期の詩の中にはスペインと直接関連あるいくつかの詩篇があって、それらはいずれも哀歌への微妙な推移を示している。

悲しいめぐり逢い――ベンヴェヌータ

一通の手紙

一九一四年一月二六日朝、リルケはパリの下宿で一通の手紙を受けとった。宛名はインゼル書店気付となっていて、出版社を経由して届いたのである。手紙は二二日にウィーンで投函されていた。差出人は未知の一人の女性である。文面には次のように記されてあった。

「愛する友よ。突然お手紙など差しあげて愚かなことではないかと恐れています。それに呼びかけの言葉から大へん僭越なことでございます。私は今までたとえ束の間でも他《ほか》の人間になりたいなぞと思ったためしは、ございませんでした。ところが、つい先日、『神様の話』を手にいたしました時、しばしの間でもエレン゠ケイになれたら、どんなにすばらしいことだろうと考えました。それは、今までの誰よりも私が『神様の話』を愛していることを、あなたにわかっていただけたらと思ったからでした。こんな愚かなことを申しあげても、あなたはお笑いにはならないでしょう。私はもっとあなたに申しあげたいのです。どんなに心こもった感謝をあなたに捧げねばならぬかを、また、あなたが私の音楽にどんなにたくさんの贈物をしてくださったかを。私の音楽は長い間部屋に閉じこもって生きてまいりましたが、いま世の中へ旅立とうとしています。たくさんの人々の間にまじって一人一人に光と温かい幸福な時間とを与えようとしています。世の中へ出ようとする最初の大きな羽ばたきの中で、多くの明るい親切な眼と理解ある心とにめぐり逢いましたので、思いもかけぬ喜びにすっかりゆたかになって、みずからの道を発見する手助けをしてくださった善良な人たちに感謝を捧げたいと思っています。よきたましいのあなたにも、この意味でお礼を申しあげねばなりません。心の底からあふるるものを言葉なぞではどうして申しきれましょう。私の人生に幸いの訪れるときがあって、いつか、世界のどこかで、あなたにお目にかかれる日がございますならば、ベートーヴェン（一七七〇〜一八二七）の言葉か、わが偉大なバッハ（一六八五〜一七五〇）の言葉が、私に代わってそれを申しのべてくれることでございましょう。――なぜならば、あなたは音楽の愛好者ですから。私はあなたの手を握りしめます――

マグダ＝フォン＝ハッティングベルク」

音楽の世界への憧憬

この芸術的直観にあふれた手紙はリルケの心を深くゆり動かした。アンドレ＝ジッドの『放蕩児』を翻訳してインゼル文庫から上梓するはずになっていたリルケは、不明の個所を質問するため、ちょうどこの日、著者を訪ねることになっていた。はからずも、この日が、詩人の生涯においてもっとも印象深い日の一つとなったのである。便箋を使い果たして書く紙もなかったが、とりあえず原稿用紙に彼は返事を記した。

「親しき友よ。あのゆたかな調べを私のものとさせてください。あの調べはあなたのお手紙によってまったく私の本性となってしまいました。お手紙をいただいて、どんなにかうれしかったでしょう。

けれども、その後私の書いたものなどは、あなたにとってもおそらくみな腑に落ちないか、どうでもよいものばかりでございましょう。そして今私は、あなたのお手紙のご厚意を、すっかりあいまいになってしまったあの青年の住所へ送り返してやらねばならないのでしょうか。あの遠い不思議な昔、『神様の話』などを書いた男に？　打ちあけて申しあげますと、彼にはその必要がないのです。この恩寵をさほどめぐんではやりたくないのです。あの当時、ほんの気軽に彼の心情の輪郭に着色したにすぎないように、私には思われます。彼が背負いきれないものを、あなたは彼に与えています。ああ、私は、彼についてはあなたに何も申しあげられません。彼が当然受くべきものをお与えになったのかも知れません。何はともあれ、その他の点でどのようにあなたが彼を甘やかされようとも、あなたの音楽を彼はけっして聴けないでしょうのに、私にはそれを聴く特権があるのでございます。あなたがすでに旅に出られた昨年の冬、なぜあなたは不意に南スペインを通っていらっしゃらなかったのでしょうか。もしあちらへおいでになったならば、どんなにかあなたを歓迎したことでしょう。私の心はあなたのために凱旋門をいくつも建てたことでございましょう。そしてあなたは、あなたの音楽がひっきりなしにそこをくぐってゆくのをご覧になったことでございましょう。なぜなら、あなたの音楽は、私自身まだ行ったこともないような私の奥深くに達しなければ止まなかったでしょうから。……」

彼の筆はいつしか熱を帯びてスペインの旅に及び、トレドを、ロンダを述べて飽かなかった。リルケの音楽的感覚は、その絵画的感覚に比していちじるしく劣っていた。彼の親友カスナーはリルケを評して音痴だ、とさえ評したほどだった。その彼が一閨秀音楽家をとおして音楽の世界へ憧憬を寄せたことは、けっしてかりそめには見すごせない。「私は今パリで……多くの内的な苦悩につつまれながらまったく音楽なしで生きています……しかし、あなたの音楽がいつか訪れてくる季節のように私の前に立っています。これからさき、ここかしこで、あなたの音楽が私の方へ向かって来ないようなことがあるならば、私の方からその後を追いかけてゆきましょう。北方で待ちくたびれた春を求めてシシリーへ渡る人のように……どうか、あなたの新しい火を消さないようにしてください。私はあなたに好意と感謝とを寄せています。

ライナー＝マリア＝リルケ。」

マグダ＝フォン＝ハッティングベルク（愛称ベンヴェヌータ）　リルケの短いが，運命的な恋人となったピアニスト。

二人の往復書簡

二人はこうして結ばれたのである。マグダ＝フォン＝ハッティングベルクとはどういう女性であったのか。彼女は一九四三年『リルケとベンヴェヌータ――感謝の書』なる一書を公にし、さらに一九五四年『リルケとベンヴェヌータとの往復書簡』を上梓して二人の関係を明らかにした。彼女は有名なイタリアの音楽家フェルッチョ＝ブゾーニ（一八六六～一九二四）門下の閨秀ピアニストであった。彼女はリルケに寄せた手紙の中で、「私の生涯には筆紙《ひっし》につくせないたくさんの悲しみと苦悩がございましたし、今もまた、多くの苦難と暗雲が私の日常を襲っています」と語っている。そのころ長い苦悩のあとの離別という悲運に泣いた彼女は、そのかぎりない愛情の悲しみを芸術によって支えようとしていた。その折にはからずもリルケの『神様の話』にめぐり逢って、感動のあまり著者へ感謝の手紙を寄せたのである。二人の関係は急速に恋愛へ進んでいった。

二人の書簡集が世に出るようになった機縁について、本書に序文を寄せたクルト＝レオンハルトは次のように語っている。「詩人の亡くなった二五年後、ベルンの州立図書館からマグダ＝フォン＝ハッティングベルクは一つの包みを受けとった。その包みの上にはリルケの筆蹟で『マグダ＝フォン＝ハッティングベルク夫人（ベンヴェヌータ）の所有物。一九一四年七月一〇日封印』と記されてあった。リルケが全生涯にたいする決意をかけた、あのように確信的な熱意を傾けて始められた悲しい恋の体験が、その日付の日、すでに彼の背後に横たわっていたのである。包みの中には、かつてベンヴェヌータが未知の偉大な友に書き送ったすべての手紙が入っていた。不思議なことにこの包みは、スイスの一婦人がリルケの遺稿の中から贈物としてベルンの州立図書館に譲りわたしたものである。これが所有者の手に返ったことについて、われわれはひたすら館長の責任感に感謝しなければならない。それ故これらの手紙は、第一次大戦をとおして無事に保存された少数の手紙の中に数えられるものである。七月末パリを去ったとき、リルケはこれらの手紙を携えていったのである。——その後詩人に寄せたベンヴェヌータの手紙は、詩人の死後、未知の人の手から彼女のもとへ送られてきた。彼女にたいするリルケの最後の手紙もその中に含まれていた。」

ともあれ、リルケに寄せられたベンヴェヌータの手紙の処理の仕方には、詩人にたいして高い尊敬の念を払うヨーロッパの伝統がうかがえて、深い敬愛の念を禁じえないものがある。

マグダ＝フォン＝ハッティングベルク（一八八三〜一九五九）とめぐり逢った詩人は、渇けるもののように、このみずみずしい対象に迫っていった。彼は飽くことなく自己の告白をつづけた。少年時代を、青年時代を、数々の旅のことを。自己の辿った経歴を、内的な苦悩を、希望を、夢を、ありとしもなき日常の瑣事を。語って、語って、倦むことを知らなかった。

「今日は日曜日、私はこの日を神聖に保ちたい。私はあなたに手紙を書きたい。あなたは私にたいするすばらしい未来を持っている。それは力強い未来です。嵐、雷雨、清澄、よしそれが何であろうと、思いのままにあらゆるもののもっとも純粋な震撼をもたらしてくれるのです。」（二月一日）

「友よ、美しき心よ。わが心は、いかに、いかに、あなたに向かって流れてゆくことか——幾年か掛かってやっと書けるようなすべての手紙を、私は一気に書いてしまいたい。あなたは知っていますか、紺青《こんじょう》に澄みきわまった海辺の朝のあることを。すべての波が一時に押しよせて、そこに静止します。陽はきららかにひかり、また、ひかり、すでに寄せくる波の姿もありません。私たちのあいだにあるものは、ただ歓喜だけです。それは澄みとおった喜びです。その中には、遠いかなたの村落も見え、鐘の音《ね》がほとんど目に見ゆるばかりに感受性にとんだ大気の中を流れてゆきます。」（二月四日）「われに告げたまえ、いつの日か、このすべを書き尽くした日に――わがいのち、ありや、なしやを。これこそ、過去の、また未来の、私の全財産の遺産です。うねりゆく波のように筆を運び、あなたの心とともに帆走しうるこの私は、いったい何者でしょうか。」（二月一八日）

リルケは二月八日付の手紙で初めてマグダにDuをもって呼びかけ、この手紙の中でまた初めてマグダをベンヴェヌータと呼んでいる。それは「喜びをもって迎えられた人」というほどの意である。二人のあいだにのみ共通な愛称を、爾後、詩人は呼びつづけている。大きな悲しみの体験のあとに詩人を知ったマグダは、自己のかぎりない苦悩を告白したのちに、「けれども、あなたが私の中に感じてくださる大きな喜び、それはどんな悲しみにもめげず、不変の財産として私が心の中に持ってきたものでございます。その喜びは、いつも繰り返し瞳をひらいて私のいのちのあるかぎりは、喜びもいっしょに死なないでしょうと、言ってくれます」と書いている。芸術に生きることによって愛の苦悩を克服しようとしている彼女にとっても、詩人の出現は童話の神でなければならない。

ベルリンでの出会い

一九一四年二月二六日、二人はベルリンで初めて相会うことができた。音楽会の打ち合わせのためかの地へ赴いたベンヴェヌータのあとから、リルケもベルリン行国際列車の客となっていた。マグダは彼女の想い出の記『リルケとベンヴェヌータ』の中にその出会いの場面を語っている。

「私ははじめてドアをノックした。心臓が一つ打つあいだ答えがなかった。やがて、『……はい？』たずねているような、おびえているような声が聴こえてきた。それは、永遠の昔から親しみぶかい声であった。愛する、愛する、心から待ちこがれていた声だった――それから私は中へ入っていった。……私の前にリルケが立っていた。一つの細い、暗い、感動的な姿が。青い瞳が私を見つめた。そのようにかがやかしい、清浄な人間の顔を、私はかつて見たことがなかった。『ベンヴェヌータ――とうとう、とうとうやってきましたね』と彼は言った。――その声の愛情にみちたひびきを聴けば、何もかも忘れることができる、目《まなこ》をとじてさえおれば、その声を永遠に聴くことができるのだ、と私は思った。それから私たちは手をとりあって、小さな、緑色のビロードのソファに腰をおろした。私たちはたがいに見つめあったり、笑ったり、泣いたりした。」

すべてが朗らかで、明るく、神聖であった。二人のあいだには限りなくたくさんの話題があった。世界が新しく生まれたのである。彼らは三月一〇日までベルリンに滞在した。日曜日にはそろってブゾーニ家に招待され、芸術家同士に基づく楽しい時間を持つことができた。マグダは回想記の中にこう記している。「今までのすべてのことをふり返ってみると、このベルリン時代がリルケの生涯のうちでももっとも幸福な時代の一つではなかったか、というような気がする。この平和にみちた幾週間、彼は過去や未来にわずらわされずに、ほんとにゆっくり静養していたように思われる。」

彼らは三月一〇日ベルリンを出発。途中、ミュンヒェン、インスブルックなどに滞在。スイスを経て、三月二六日パリに着いた。ここでマグダは四月二〇日まで滞在する。リルケは彼女のためヴォルテール河岸に宿をとってくれた。二人の老姉妹の経営する品位ある小さなホテルであった。フランスの田舎の貴族や中産階級の人たちだけが泊る宿であった。マグダは毎日午後か夕方に、リルケのためささやかなプログラムを演奏するのを日課の一つとした。

パリでの生活

パリでの日常生活はベルリンにおけると同様、楽しい毎日の連続であった。彼らは音楽を聴き、ダンヌンツィオ（一八六三〜一九三八）の招きをうけ、ノートルダムの大彌撒《ミサ》やアルメニアの小さな教会の彌撒に出かけたりした。ムードンの森を訪れ、サン＝クルーの公園のベンチに腰をおろしたこともあった。雨の日にはルーヴルへ行って世紀の名画に心ゆくまでひたることもあった。このような生活を繰り返しているうちに、二人のあいだにはかなり息苦しい気分が漂《ただよ》うようになった。そして、ついに、リルケはベンヴェヌータに結婚を申し込んだのである。しかし、みずからの愛情のつまずきのために数年の苦悩をつづけてきた彼女にとって、彼の申し込みはけっしてそのまま単純に受けいれられるものではなかった。鋭い芸術家的センスによってリルケの本質を見ぬいた彼女には、それが新しい苦悩の課題としてみずからにのしかかってきたのである。彼女はその精神的な苦しみを、妹に語りかける形で次のように告白している。

「――ライナーは私が――私たちが、生涯いっしょに暮らしてゆく気持ちがあるかどうかを、私に尋ねました。――ふだんはあてにならないと言って避けている≪永遠に《インマー》≫という言葉を、彼は確信と敬虔のこもった熱情をもって口にしたのです。私はその熱情に圧倒されてしまいました。私はそのときさっと真っ青になったと思います。血がすっかり心臓に逆流したのですから。

愛するマリアよ、あなたはなぜ、私の考えのすべてがこのように思いみだれているか、けっして、けっして理解できないでしょう。でも、私はここで、どうしても一気に私自身に尋ねてみなければなりませんでした。私はいったい彼を、一人の女がその生涯を託そうとする男を愛するような意味で愛しているか、どうかを――私は彼を、彼の子供の母親になりたいという気持ちで愛しているか、どうかを。

そして私はそのとき、私に向かってどうしても否《ナイン》と言わねばならないのです。彼は私にとっては、神の声、不滅の魂、フラ＝アンジェリコ、あらゆる超俗的な善、高貴にして神聖なものですが――けっして人間ではないのです！　彼にたいする私のもっとも奥深い占有的な感情を人間化するということに、私は言い知れぬ不安を感じています。そういう感情は世俗的な枠内の日常生活にさらされると、際限もなく自己を否定しないかぎり存続できないような境地に達するに相違ないのです。それに、不思議なことに、そこにはもっと他の事情が介在しています。言うまでもなく、彼のものである一人の女性と一人の子供とが、この世に生存しているのです。この二人の人間の権利の中へ容赦なく割り込んでいって、彼らの権利を自分のために要求することなぞ、いったいあなたには考えられますか。」（『リルケとベンヴェヌータ』）

たがいに相手を心の底から理解し合い、その本質を深く知り合った間柄ながら、訣別の運命の時間が容赦なく近づいていることを、二人は意識せざるを得なかった。マグダが「悲しいめぐり逢い」と言った恋の終末が近づいたのである。そして七月一四日、彼に寄せられたベンヴェヌータの手紙をまとめて、「マグダ＝フォン＝ハッティングベルク夫人（ベンヴェヌータ）の所有物。一九一四年七月一〇日封印」と書き記したときには、リルケ自身彼の恋の終焉を確認したものであろう。

最後の手紙　一九一四（大正三）年七月二八日第一次世界大戦が勃発した。戦争は二人を離ればなれにした。リルケが死んでからいく久しき後、見知らぬ人の手からベンヴェヌータのもとへ詩人に宛てた彼女の手紙が返却された。それらを整理して小さなトランクに入れ、それに鍵をかけようとしたとき、彼女はふと一通の細長い青い封筒を発見した。その上にはリルケの筆蹟で――dernière lettre à B（Bへの最後の手紙）というフランス語が書かれてあった。

「……いつかあなたは、あなたが子供だったころあなたを泣かせたという小さな歌を書いてくださったことがありましたね。おぼえていらっしゃいますか、ベンヴェヌータ。それはこういうのでした。

おまえを尋ねてそこらじゅうを探してみた
森や　野原や　林の中までも――
おまえはどこにもいなかった　きっとおまえは

私の心の奥にいるにちがいない
〈おまえを尋ねてそこらじゅうを探してみた〉……そうです。ごらんなさい、私はそこに立っていたのです。そこに立って、私の魂を、私の肉体を、むなしくなった私の探索を信ずることができなくなっていました――私は筆を執ることもできませんでした。なぜなら、そこにあるのは、あなたにたいするあまりも重苦しい心でしたから。……

私の星座であるベンヴェヌータよ。あなたは私の戦場と勝利とを照らそうとしてくれました。でも、私はヨーシュアのようではなかったし、そのような力があろうなどとは考えたこともありませんでした。

そのようなことが私にできなかったにしても、神は私を山頂に導いてあなたの姿を示してくださったのです。あなたを、ベンヴェヌータよ！　そして私の見たものを、何びとが私から奪い去ることができましょう！　死といえども、ただそれを私の中に閉じこめておくことができるだけです。

……」

リルケは一九二六年一二月二九日に死んだ。彼は死に先立ってこの最後の手紙をしたためたのである。人の運命は人力ではいかんともできぬ勢いを持っている。はるかなる幾山河をふりさけみつつ、彼はそこにベンヴェヌータの星座を仰ぎ見たのである。忽焉《こつえん》としてリルケをふたたび身近に感じたベンヴェヌータは、雄大なミュゾットの風景の中にありし日の晩年の詩人を偲ぶことを忘れなかった。時間はあらゆる不快感を払拭する。美しい想い出の保証こそ恋愛のすべてでなければならない。人間は永遠をのぞみ、自然はたえざる変転を欲する。美しい追憶のみこそ、いかなる力によっても抹殺することのできない所有である。

V　晩年のリルケ

第一次世界大戦中のリルケ

第一次世界大戦の勃発

一九一四年七月二〇日、彼はパリを発った。ふた月ばかりの予定でドイツへ向かったのである。彼には気軽な旅であった。夏の下着類など、ごく簡単な身回り品を持参したばかりだった。が、出発後間もなく第一次世界大戦が勃発して、ふたたびパリへ帰れなくなってしまったばかりでなく、つぎつぎに困難な運命が彼を訪れるようになった。戦争の噂はもちろん巷に氾濫していたが、彼はいつも簡単にそれを否定していた。彼が日頃親しくしているフランスの人々とドイツ人が戦うということ自身が、彼にとっては到底あり得るような前提ではなかったからである。よかれあしかれ、世事にうといリルケの姿が浮き彫りにされている。

第一次世界大戦は一九一四（大正三）年七月二八日、オーストリアがセルビアに宣戦を布告したことによって始まった。リルケはライプツィヒにキッペンベルク夫妻を訪ね、『哀歌』を朗読し、その進捗状態を説明したりしていた。事態の急迫は、彼の詩心をも吹きとばす勢いとなった。ヨーロッパの一地方に始まった戦争は、間もなく列強を巻き込む大戦へと変貌した。そしてリルケがあり得ないと楽観していた、ドイツとフランスも戦うこととなり、ついに彼は身近の財産をパリにおいたまま、フランスへ帰れなくなってしまった。

リルケの財産処分

リルケは戦争をまったく予感することなく、家財動産の一切、蔵書、書簡類、原稿などのぎっしりつまったいくつかのトランクなどのすべてをパリにおいたまま、ドイツへ旅立った。しかし、彼の財産は翌年敵性財産として競売に付され、四散してしまった。この事実を知ったリルケは、タクシス侯爵夫人にこう報じている。「私のパリのすべての財産が失われてしまったことを、一昨日初めて知りました。私の住居のすべての中身が今年の四月に競売に付されてしまったのです！　お察しくださることと存じますが、私はそれを別に重大には考えてはおりません。一二年末パリで集めましたすべてのものは、とうの昔からマルテ＝ラウリス＝ブリッゲの遺品だと思ってきたのですから。でも、親愛な友よ、あなたなればこそ打ちあけて申しあげるのですが、パリからこの知らせをうけてからというもの、私は一種異様な感情の中に生きております。それはちょうど、どこかで転倒した男がなんの痛みもなく起きあがってはみたけれど、あとになって急に内臓が痛みだして絶叫するのではないかという不安から抜けきれないようなものです」（一九一五年九月六日）。詩人の微妙な感情が巧みに描き出されている。

たまたま彼の財産処分をめぐって、シュテファン＝ツヴァイク（一八八一～一九四二）、ロマン＝ロラン（一八六六～一九四四）、アンドレ＝ジッドらの友情がリルケのために誠実な援助の手を差しのべてくれた。この温かい国際的友情は、われわれに一つのうるわしいエピソードを伝えている。一九一五年の暮応召したリルケはウィーンへ赴いた。そこで旧友シュテファン＝ツヴァイクに会い、なんの気なしに荷物差押の一件を語った。ツヴァイクは早速ロマン＝ロラン宛てに手紙を書いた。

「私は昨日召集をうけてウィーンにやってきたリルケに会いました。その時、彼の留守のあいだにパリの一切の家財、最近一〇年間の原稿や手紙がすっかり競売に付され、永久に失われてしまったように思われると聞きました。その中には、彼がこの歳月、僧侶のような、物静かな、入念な方法で書きあつめた作品もあるのです。彼にとってはかけがえのない価値のあるノートや原稿――彼は私たちの一流の詩人の一人ですから――それはまた、ドイツ全体の芸術にとってもかけがえのないものです。こうなったのもみな、家賃をとどけることができなかったからです！　彼の生涯の一部が無に帰し、いく年かの創作の年月が失われてしまったのです。その上、このような体験によって人間に加えられた損失がいかばかり甚だしいものか、それはとうてい金銭などではおしはかられるものではありますまい。このはかり知れない価値のあるすぐれた精神的財宝のことを、どのような同情と悲痛の念とをもって私が考えているか、ご想像くださることと存じます。それらは、いくばくかの金で食料品屋に売られ、ただの紙のようにして砂糖や野菜の荷造りに使われるのです。」（一九一五年一二月三〇日）

国家主義にたいする頑強な反対者であったロマン＝ロランは、当時ジュネーヴの国際赤十字社で働いていた。この手紙を受けとるやいなや、彼はすぐツヴァイクに返書を送った。「一二月三〇日付のお手紙拝見いたしました。あなたがリルケについてお書きになったことで私は胸のはりさける思いがします。なぜ、なぜもっと早く知らせてくれなかったのでしょう。私は今日、彼を愛しほめたたえているコポーとジッドに手紙を書きます。彼らが難破船の漂流物を少しでも救うことができるように。しかし、ああ、遅すぎます。みんな散佚《さんいつ》しているにちがいありません。たしかにこの知らせは、人間精神の恥辱のために、かつて私の知り得たもっとも無残なものの一つです。私の心からの同情をリルケに伝えてください」（一九一六年一月七日）。これらの書簡が戦時中交戦国の友人同士のあいだに交わされたことを、私たちは忘れることができない。

ジッドらの奔走

このことについてロマン＝ロランからジャック＝コポー（一八七九～一九四九）へ送られた書簡は、彼の崇高な愛情を遺憾なく示している。「私は心を痛ましめる便りを受けとりましたが、ジッド同様あなたもそれに感動してくださるでしょう。パリのカンパーニュ‐プルミエール街一七番地に住んでいたあの善良で罪のないリルケが、彼のすべての家財、すべての原稿、すべての書簡類などが、突然競売に付されて散佚してしまったという知らせを受けとったのです。これは芸術にたいする取り返しのつかない損失であり、温良な思想家と詩人に加えられた無法にして残酷な仕打ちです。私は彼のためばかりでなく、フランスの声望のために心を痛めています。あの難破船の残存物を救い出すなんらかの可能性が残されているかどうかを、さっそく取りしらべてくださいませんか。フランスの名誉のためにあなた方のできるだけのことをつくしてください！」（一月七日）　フランスの名誉のためにベストをつくしてほしいという言葉が、交戦国の友のために記されているのである。人類の持ちうるもっとも高い知性と英知とが、また、そのもっとも温かい愛情が語られている。ヨーロッパ文化の底の深さに、私たちはあらためてしみじみと心打たれるのである。

ロマン＝ロランの便りを受けとったジッドらは機を失することなく適切な処置をとった。「お言葉に接してコポーといっしょにさっそくカンパーニュ－プルミエール街に出かけていきました。すべてがほぼ一年前に売られてしまった（散佚してしまった？）ということはまったく事実だと、管理人が申しています。——彼女は立派な婦人で、このことを私たちに語りながら涙をながしました。彼女は売り立てをまぬかれた手紙や原稿や、書類のすべてを、トランクの中へ保護することに成功しました。……私は希望を失わないようにしています。それについては、いずれご報告いたしましょう。」（一月二五日）

ジッドらの奔走にもかかわらず、結果は思わしくなかった。管理人の中に国家主義的な実力者がいて、「一人のドイツ人の財産などを気にかける理由がどこにあるか！」とはねつけられてしまったのである。ジッドの手記は次のように結ばれている。「私がなし得たすべてのことは、私的の書類や、書簡類や、草稿などの入った二つのトランクを、ガリマール書店の地下室に保管することにすぎなかった。これらのものは、リルケの正直で熱心な女管理人が『価値のないもの』として巧みにあの愛国主義者の実力者や海賊どもの貪欲から隠すことができるものであった。」

ジッドの奔走は結局成功しなかった。しかし、この厚い友情の方が所有品などよりもはるかに貴重であった。リルケの損失は償われたと言わねばならない。リルケはこれらフランスの友人たちの厚い友情に深い感動をおぼえた。しかし、応召中の彼は心身ともに疲労困憊していて、みずから感謝を示そうとすることさえできなかった。

ジッドがこの二つのトランクを自分の手に移すことができたのは、ようやく一九二三年、それらの差押がとかれてからのことであった。しかし、これらのトランクは何年かのあいだに数人の手によって扱われ、リルケが一九二五年手に入れたときには、半分は空になっていた。彼自身、たいして貴重なものは入っていなかったと、告白している。

応召

戦局は拡大して、脆弱《ぜいじゃく》なリルケも補充兵としてついに召集される日がやってきた。彼は一九一五年一二月召集をうけ、翌年一月四日ウィーンの部隊へ入隊した。歴戦のぼろぼろの軍服を着せられ、ほとんど三週間バラックの中へたたき込まれて訓練をうけた。軍隊生活はリルケにとってはあまりにも苛酷であった。当時の彼の様子を伝える、一、二の記録をここに記してみよう。

「リルケは今日（軍服姿で）私のところへやって来ました。彼はあなたのご同情に感動しておりますが、打ちつづく心身の衰弱のためお便りすることさえできません。……原稿の喪失などは彼の運命をくるしめる残酷な鎖の一つの環にすぎません。なにはともあれ、このようにひどく打ちのめされている彼の姿は、彼を愛しほめたたえている私どもすべてにとって、かぎりない悲しみでございます。」（シュテファン＝ツヴァイクよりロマン＝ロラン宛、一九一六年一月一七日）

また、休暇を利用してタクシス侯爵夫人を訪ねたときの印象が次のように記されている。「リルケはあてがわれたぼろぼろの古い軍服の中に埋没したかのように、見るからにみじめな様子をしていました。薄暗い廊下ですれちがっても夫人は見わけがつかず、浮浪人だと思い込んでいました。すると、彼が溺れかかった者のように叫びました。『侯爵夫人、僕ですよ。この中にいるのは僕ですよ。この下にいるのは僕なんです！』なんという滑稽な兵士を彼は演じなければならなかったのでしょうか。」（ルル＝アルベール＝ラザール『リルケと共に』一九五二）

彼はとても野戦に役立つような兵士ではなかった。今日残されている幾葉かの応召中の詩人の写真は、これらの言葉がいかに文字どおり真実であったかを、雄弁に物語っている。

彼はその後間もなく陸軍省の文書課に転勤を命ぜられ、一月の末から勤務することになった。当時の状態について詩人みずから語っている。「ここでは私の状態は外見だけは（勤務時間は九時から三時までです）、楽になり、改善されました。しかし、まったく機械的な筆写や記録の仕事に置きかえられないかぎり、おそらく長つづきはしないでしょう。なぜなら、一年半以来同業者諸君がやってきた文学的奉仕の仕事などは、とても私にはできないことですから。私はそういう奉仕のための筆は執りたくありません。それはまことにみじめな、いかがわしい類《たぐ》いのものです。あらゆる精神的な活動を中止したほうが（兵営ではそうでしたが）、このような文学的活動のゆがんだ無責任な乱用にくらべれば、はるかに羨しいことです。同業者諸君はそれを『英雄達のお化粧』といっていますが、彼らは長いことそれを恐れて来ながら、今はそれを克服して、なんの苦もなくやっているのです。たしかにいろいろな困難が生ずることでしょう。――さしあたって私の処置に困っており、無制限な怠惰の状態にほおってあるわけです。これもむごたらしい軍隊生活の一つです」（一九一六年二月一五日アントン＝キッペンベルク宛）。リルケたちに課せられた仕事は、前線の兵士たちの行動を美しい英雄物語に仕立ててすみやかに国民に宣伝することであった。しかし、リルケにはそれがどうしてもできなかった。これはリルケの詩人としての自己の世界にたいする誠実さを物語るものであり、譲れない彼の最後の抵抗を示しているのであって、けっして単なる一つのエピソードとして看過するわけにはゆかない。

「理想的な環境」

彼がこの窮境から救われたのは、理解ある上官ヴェルツェ大佐のおかげであった。この顚末《てんまつ》をわれわれに伝えてくれたのは、リルケと机を並べて勤務していたオーストリアの著述家ゲーゾ＝ズィルベラー（筆名ズィル＝ヴァラ、一八七六〜一九三八）であった。彼の記録にしたがって、そのいきさつの跡をふり返ってみよう。

「私たちは非常に寛大な取り扱いをしてくれたヴェルツェ大佐の司令下にあった。私たちの主な仕事は即座に戦史を書くことだった。……私たちの仕事していた仮兵舎の翼は、静かな集中に理想的な環境を与えてくれた。たいへん広くはあったが、ゴシック式の穹窿《きゅうりゅう》の天井を持った修道院の僧房の一階に私はひとり静かに坐っていた。……とある朝、ヴェルツェ大佐が入ってきて、私の部屋のたのしい静けさが破られた。大佐は――どう見ても兵隊とはいえない――一人のほっそりとした弱々しい若い紳士をつれて来た。彼は歩兵の着るスマートな仕立ての立派な制服を着ていた。彼らは私の机のそばへ近づいた。『ライナー＝マリア＝リルケをつれてきたよ。彼はここで働くことになっている。仕事を教えてやってくれないか』と大佐は言った。」

リルケはどうしても英雄の化粧仕事はできなかった。書いては破り、書いては破るばかりであった。この様子を大佐に報告すると、翌朝大佐は、一巻きの大束の紙と長い定規を持って仕事場へやって来た。

「彼はそれをリルケの机の上において、『リルケさん、計算のために罫線《けいせん》紙が必要です。あなたの所へ持って来た見本にならって、この紙に線を引いてください』と言いながら、大佐は私の方をちらりと見て、さも恥ずかしいと言わんばかりに、そそくさと部屋を出て行った。

こうしてリルケは、われわれの隔離された部屋に坐りながら紙に罫を引くことになった。それが戦争に対する彼の寄与であった。彼は熱心に、いく時間もつづけて、垂直線や水平線を引いた。時によると線と線のあいだが二ミリくらい広すぎることもあったが、彼はその仕事を、完全な正確さと彼の天性を確証する誠実な謙譲とをもって遂行したのであった。……」

リルケのような詩人が罫線引きに終始したことは悲劇ではあったが、しかし、ペンをまげて宣伝屋にならなかったところに彼の面目があった。赤十字社の事業や難民救済事業にすすんで活躍したロランやジッドのようなフランス作家と思いあわせ、厚かりし彼らの友情を偲ぶとき、相通う一脈の爽《さわ》やかさをわれわれは感じざるを得ない。それにしてもアー＝ロイス＝ヴェルツェ（一八六四～一九二七）大佐のような人物が存在していたことは、旧オーストリア軍隊の名誉であったと言わねばならない。

リルケはその後多くの著名人たちの請願がオーストリア陸軍省並びに国防省へ提出され、それが承認された形となって、一九一六年六月九日、ついに召集を解除された。七か月半に及ぶ軍隊生活から彼は解放されたのである。

スイスへの脱出

一九一八（大正七）年一一月一一日、第一次大戦は終わった。長年にわたる戦争のあとの敗戦国の生活はみじめである。リルケもその悲惨さを身にしみて体験せねばならなかった。戦争はリルケの創作的な脈絡を寸断した。しかし、彼の持てるすべての力を傾けた哀歌への憧憬は、見えざる地下水のせせらぎのように脈々と流れつづけていた。このあこがれのせせらぎにひかりを与えてくれたのは、スイスからの招待であった。スイスは未知の国だったので、最初は内心躊躇したが、度重なる文芸の愛好者たちからの要請をうけて、自作朗読の会に出席することを承諾したのである。

一九一九年六月一一日早朝、彼はミュンヒェンを旅立った。いく人かの友人たちが彼を見送った。かつては旅なれたリルケであったが、今は関税のことや国境を越えることにも不安を感ずる臆病な旅人になっていた。このかりそめのスイスへの旅が、彼の生涯の漂泊の行きつくところになろうとは、詩人も想像しなかったであろう。

ミュゾットの館と『ドゥイノの哀歌』

雄大な自然のリズム

戦争につかれてスイスへやって来たリルケは、金もなく、親しい友もなく、この地に永住できようなどとは、とても考えられない状態にあった。しかし、スイスの静かな落ち着きとこの国に住む知的教養ゆたかな人々とのめぐり逢いによって、『ドゥイノの哀歌』や『オルフォイスへささげるソネット』など、宿願の大作を完成する機運に恵まれたのである。この「みのりゆたかな孤独」を与えてくれた終《つい》の栖《すみか》こそ、「ミュゾットの館」であった。

スイスにおける詩人の歩みのあとを辿ってみると、たえず「哀歌」完成の衝動に駆られながら、転々と一所不住の生活をつづけ、ひたすら悲願達成のための静寂な隠れ家を求め歩いていたのである。ボヘミアへ行ってはどうか、先祖の土地であるオーストリアのケルンテン州へ帰ってはどうか、などと勧《すす》めてくれる友人たちもあった。しかし、そういう気にはなれなかった。それらの土地を思うだけでも、戦争の疲弊《ひへい》が目の前にちらついて、落ち着けなかったからである。

そういう折も折、彼の寓居にメルリーヌが訪ねて来て、ヴァレーに旅してみませんか、あちらにすばらしい住居が見つかるかも知れないから、と誘ってくれたのである。一九二一（大正一〇）年六月二三日二人はつれ立ってヴァレーに旅をした。ヴァレーはドイツ名ではヴァリスと呼ばれている所で、この地方はフランス・ドイツ両国語が話されている土地柄であった。詩人はいくたびかこの地を訪れたことがあった。ローヌの渓谷は彼のゆたかな夢をゆすったのである。「ローヌの谷はひろびろと大きくひらけ、雄大な山裾《やますそ》にかぎられたささやかな丘陵が一面に点在していますので、見た目にはかぎりなくつづくチェスのコマのようにさえ見えます。どこから眺めてもつねに新しく変わる驚嘆すべき風景のリズムは、今なお丘陵の配分と推移が行われているのではないかと思うほど、天地創造の昔を偲ばせるものがあります」と、報じている（七月二五日、タクシス侯爵夫人宛）。リルケが住居を選ぶときには、いつもその背景である風景が大きな要素となった。「哀歌」完成前の詩人をここに惹きつけたのはローヌの渓谷の雄大な自然のリズムであった。

「領主」の寛容な友情

彼らはシエールに着いてある小さな家を見せてもらった。それも条件に叶うものではなかった。やがて一週間もすぎようとしていた。六月二九日も暮れかかってしまった。その夕刻、はからずも彼らはミュゾットの館の存在を知ったのである。リルケはその喜びをナニー゠ヴンダリー゠フォルカルト夫人（一八七八〜一九六二）に宛ててこう知らせている。「その日ももう過ぎ去ろうとしていました。夕暮、それから奇蹟があらわれたのです……！　ホテル－ベルヴューのすぐそばの、毎日のように行き来している理髪店のショーウィンドーの中に、一三世紀の館、つまり貴族の別邸の写真があるのを発見したのです……そこには、

『売邸または貸邸』と書いてあるではありませんか。親しき人よ、それが多分スイスの私の館となるでしょう。」この手紙は七月四日、旅の帰路、ローザンヌの喫茶店で鉛筆の走り書きでしたためられたものである。その広告を見た翌日、リルケはメルリーヌとともにミュゾットの館を見に行った。

シエールから二〇分ばかり、かなり急な坂道をのぼって行く。ゆるやかな草地が左右に広くひらけている。遠くから見ると日本の土蔵造りのように見える建物がある。これがミュゾットの館と呼ばれている古い邸宅である。個性に富んだ歴史的な建物である。小さな愛らしい庭にとりまかれ、四囲の風景はすばらしい。あたりは山地にありがちな乾燥した痩せ地ではなく、水にめぐまれたゆたかな牧歌的風景である。遠くローヌの谷を望み、山の起伏を望む。類いない大空の紺青。深く澄みわたった美しさ。葡萄畑を左手に一〇歩ばかりのぼって行くと、田舎風の小さな白塗りの教会がある。聖女アンナに捧げられた聖堂で、もとはこの館に付属したものであろう。そのすべてが驚くほどの調和を示している。

中世の貴族の館が昔の姿をとどめたまま残っているのを、リルケは驚嘆の目を見はって眺めた。階下も階上も三部屋にわかれていた。一七世紀のしるしのある渋味がかった家具もあった。もちろん、一部にはがらくたもなかったわけではない。リルケとメルリーヌは午前中この館の二階にあがったまま、まるでこの邸がもう自分たちのものであるかのように「計画をたてたり、家具をととのえたり、驚嘆したり、喜んだり」したのであった。詩人はできればここに住みたいと思った。し

リルケとクロソウスカ（愛称メルリーヌ）　晩年のリルケが最も長く生活を共にした女性画家。

かしその家賃は彼の支払能力をはるかに越えていたし、電灯もガスも水道もない不便な生活様式を考えると、ここに住むことは容易なことではなかった。それにもかかわらず彼はこの館を放棄する気持ちにはなれなかった。『哀歌』を完成するための冬の環境は、この館によってのみ与えられ得るような予感がしたからだった。

幾多の悪条件を克服してリルケがこの館に住むことができるようになったのは、ひとえにヴィンタートゥーアに住むヴェルナー＝ラインハルト（一八八四〜一九五一）の寛容な友情の賜物である。彼はこの館をリルケに代わって借りうけ、後に買いとって詩人のために提供したのである。リルケは戯れにこの友を「領主」と呼び、後にミュゾットの館で独訳したポール＝ヴァレリーの詩を捧げている。ひとりヴァレリーの詩のみならず、たくさんの創作詩をラインハルトに捧げているのは、この友の厚い友情にたいする感謝の意にほかならない。

七月二六日、彼はホテルを引きあげてミュゾットの館に移った。家政婦も見つからぬまま、身辺の世話はメルリーヌの厄介になった。待望の館に引っ越してほっとしたのではあるが、家の内外の整頓には予想外の手間がかかった。

そうこうしているうちにいつしか夏もすぎて、一一月早々娘ルートの婚約が発表された。それに伴う多くのわずらわしいことが身辺にせまった。しかし、そ

娘ルートの結婚

れは、父親として当然果たさねばならぬ義務であった。天成詩人として生まれついた彼は結婚の翌年家庭を解散してパリに出て以来、落ち着いた家庭生活をして世のいわゆる父らしい生き方をしたためしがなかった。妻クララも立派な芸術家で、彫刻によって自己の世界を切りひらこうとした人である。その意味において彼女も芸術に生きぬこうとする心意気を持っていた。彼らの結婚生活は芸術家同士として結ばれ、芸術家の生き方を生命としてつづけられていった。幼い愛児を手ばなしてパリに芸術修行に出ることにこころよく同意したクララの人間的苦悩も、いずれの幸福を選ぶかというぎりぎりの選択に直面したからにほかならない。ロダンと不和をきたし、パリの都の中で孤独のどん底に陥ったとき、彼の心の支えの一つとしてクララの愛情にすがった。寂しい異郷の都にあってヴェラーレン（一八五五～一九一六）の友情に心あたためられ、セザンヌの画業に新たなはげましを受けながら、ひたすらクララに心境を書き送ったのである。しかしながら家庭生活を理解しておのおのが孤独を守るという生き方には、おのずから夫婦生活の危機が蔵されているにちがいない。彼らの夫婦生活には一九〇七、〇八年ころを境としてひややかな距離が生ずるに至った。家庭生活をまったくかえりみない旅から旅へとさすらいゆく詩人の漂泊生活は、女性であるクララに、理解を越えた反発心を呼びおこしたにちがいない。相互の文通はいつしか遠ざかり、詩人の手紙にたいしてもクララからは短い事務的な返書がとどくにすぎなくなった。戦争中リルケはドイツにと

妻クララと一人娘ルート

どまった。その数年のあいだにも彼らはけっして同居しなかった。婦人にたいするリルケの多彩な交友関係はおのずから二人のあいだの冷却を物語っている。一九一二、一三年以後の彼らの生活は実質上は離婚しているのと変わりなかった。リルケは戦前にも離婚を思い立ったこともあり、スイスに移ってからもその意を新たにした。しかし、キッペンベルクの反対もあって、それを法律的に履行することは差し控えてきた。このような家庭的事情の中にあって一一月初めルートの婚約が発表されたのである。

家庭的煩雑さから解放されたいと願う詩人ではあるが、もともと人情に厚い彼は、キッペンベルクに真情を吐露している。出版社主アントン゠キッペンベルクに送った手紙を見れば、どんなに彼が娘のために心を痛めて金策を依頼しているかがわかるのである。当時ドイツのマルクは暴落を重ねつつあったので、彼自身の外国における生活を維持するためにも、出版元の友情に負うところが大きかった。彼の友はマルクの悪条件を説明していくたびか帰国をうながしたが、彼は心の自由を求めてまったく不可能な事態に立ち至るまでスイスを去ろうとはしなかった。「またしてもお金の問題に直面しています……もとより今日のような時勢では——嫁入支度などと申すものは考えられもしませんが、当然持ってゆかねばならないごく普通の身支度だけはしていきたいというルートの願いは、何はともあれ認めてやらねばなりません。分相応な若干の金も用立ててやりたいものでございます。できればすみやかに、あなたもそうお考えくださるでしょうが、大きな気持ちでしてやりたいと思っています。――もちろん、分相応ということは申すまでもございませんが、その至当の金額はあなたのご判断とご決定通りに従いたいと存じます。」（一九二一年一一月二五日）

ルートは母方の親戚にあたるカール＝ズィーバー（一八九七〜一九四五）と結婚したが、彼は結婚式に帰ることもなく、すべて妻にまかせたままであった。親戚達からもその親らしからぬ振る舞いに強い非難があった。彼は生涯娘の夫と会う機会がなかったし、また孫たちとも会わなかった。彼は家庭的に奉仕する世のつねのよきパパであると同時に、すぐれた芸術家でもあるという二つの道を使いわけることができなかった。家庭的な幸福か、芸術か。彼はたえずその厳しい岐路に立たされていた。みずからの芸術的な道をすすもうとする意欲は、いつしか市民的善からかけはなれた道を彼に辿らせたのである。

『哀歌』の完成

一九二一年一一月八日、メルリーヌは冬をベルリンですごすためにミュゾットを立ち去った。彼女に代わってフリーダ＝バウムガルトナー（一八九五〜一九七九）という家政婦がこの館に住むこととなった。リルケはしだいにその精神活動のすべてを仕事に集中できるような気分になっていった。今や彼の念頭にあるものは、「ただ一つのこと、最終の願い」が、彼に表現を与えてくれることであった。

翌一九二二年二月は創作の颶風《ぐふう》が突如としてリルケを襲うときであったが、その深い精神的集我を得るまでには、いくつかの前提条件が働いていた。それはヴァレリーの詩の翻訳と、ゲルトルート＝アウカマ＝クノープ（一八七〇～一九六七）夫人の亡くなった娘ヴェーラ（一九〇〇～一九）の病苦にたいする手記であった。前者はたえざる創作的刺戟を詩人に与えて『哀歌』完成の動因となり、後者は『オルフォイスにささげるソネット』を生む機縁となった。

静かな冬がつづいた。訪う人もなく、山荘はひとり詩人の瞑想をはぐくむ世界となった。遠い山々は白銀に澄みわたり、ローヌの流れは寂しくひかっていた。すべての障害は克服され、たましいの集中を妨げるものは何一つなくなった。彼は長いこと新聞も読まなくなった。断食節のような精進の日がつづく。手紙を書くことも稀になり、それも用件のみにかぎられていった。深い沈潜が詩人のたましいを取りまいている。彼はひたすらミュゾットの館に閉じこもった。長いあいだの悲願『哀歌』がこの館の底知れぬ静寂からついに完成するときがやってきた。

完成の喜びを彼はアントン＝キッペンベルクにこう伝えている。

「親しき友よ……とうとう！　哀歌ができたのです。今年のうちに出版できると思います……今、外を歩いて来たところです。寒い月のひかりの中を。ささやかなミュゾットの館を、さながら大きな生物《いきもの》のように撫でてやりました——私に哀歌を保証してくれた、古い外壁。全編を『ドゥイノの哀歌』と呼ぶつもりです。わが親しき友よ。このこと。あなたが私に保証してくださったこと。一〇年のあいだ！　感謝！　私はいつも信じておりました。ありがとう！」（一九二二年二月九日深

ミュゾットの館のリルケ　バルコニーに佇む

夜）

二月一一日には第十哀歌に手を加えて完全な形の哀歌ができあがった。もう一人の恩人マリー＝フォン＝トゥルン＝ウント＝タクシス侯爵夫人に彼は歓喜と感謝にみちた書簡を寄せることを忘れなかった。「一九二二年二月一一日、土曜日夕。侯爵夫人、とうとう、恵まれた日が――私の信ずるかぎり――哀歌の完結をお示しできると思うすばらしく恵まれた日がやって来ました。一〇編！　ちょうど土曜日一一日、午後六時に、最後の詩ができあがりました！　すべてが数日のうちに生まれたのです。比類ない嵐、精神の中の颶風《ぐふう》でした。一つの詩をカスナーに捧げましたが、すべてはあなたのものです。『ドゥイノの哀歌』と命名するつもりです。」

第一哀歌

リルケは『哀歌』を完成することによって長いあいだの悲願を果たすことができた。詩人としてのもっとも重要な課題をなしとげた喜びと安堵《あんど》とを感じたのである。『マルテの手記』は数年を要した小説であり、そこに彼の人生観の諸像が描かれていたとはいえ、それはまだ積極的な現世肯定のひかりをあびていたわけではない。いわばその人生追求の諸相は成熟に至らぬ姿であった。『マルテ』において描かれたものはすべて「開かれた世界《ダス－オッフェネ》」の一面ではあったが、ネガティーヴのままの形にすぎなかった。この小説が徹頭徹尾没落の書であるという著者自身の言葉は、この事実をさして言っている。彼が『哀歌』において現世のあらゆる相を「開かれた世界」の放射によって歌いあげたとき、かつて『マルテの手記』において描かれた姿は積極的な現世肯定に変貌していた。彼の人間存在に対する追求の行きつくところが『哀歌』の世界に示されているのである。

一九一二年一月、アドリア海のほとり、ドゥイノの城で一気に生まれた第一哀歌は序歌の役割を持っている。ここでは第二哀歌以下で主題となる諸要素がすべての関連性の中において歌われている。天使、動物。その間に介在する人間。事物、生、死、英雄、愛する女性など。これらの要素の、「全一の世界《ダス－ガンツェ》」に対する位置が先ず示されている。前半においては天使と動物との間に位置する人間の存在について歌われており、後半においては死者の世界が歌われている。

「全一の世界」という詩人の言葉は、過去、今生、未来を綜合した概念である。わかりやすく言えば、それは明るい神の懐《ふところ》なのである。第一哀歌で数えあげられた様々な事物や要素は、この「全一の世界」とどの様な関連を持っているのか。それ自身が哀歌の展開である。つまり、哀歌は、詩人の人生観、世界観の行きつくところである。

詩人は天使を最高の存在と歌っているが、哀歌の天使とはどういう存在なのか。それについて彼自身こう語っている。「死や彼岸や永遠に対するカトリック的な考えを、私の哀歌やソネットに結びつけようとするのは誤りです。こういう誤りを犯すと、もう出発点からてんでピントが狂ってしまって、ますます根本的な誤解を繰り返すようになります。……哀歌の天使は、キリスト教の天使とはなんのかかわりもありません。見えるものを見えないものに変えるという私たちの切なるいとなみが、すでに徹底的に具現されているもの、それが哀歌の天使です」（一九二五年一一月一三日、ヴィトルト＝フォン＝フレヴィッチ宛）。リルケの世界観の根底をなしているものは「全一の世界《ダスーガンツェーディーガンツハイト》」である。この世界の中には、見えるものも見えないものも、現世も彼岸も、生者も死者も、統合された存在となって共存している。人間の微小無常な存在も、この世界につらなることによって常住の姿を具現する。天使はいわば、この世界の保証者である。

前半において天使、動物、人間、事物、英雄、愛する女性などを、その大きな関連の中に歌った第一哀歌は、後半で死の世界を歌いはじめている。死は生の一面であると考えていた詩人は、「全一の世界」へ運び入れた前半の詩要素につけ加えて、死の世界が生の発展した形としてわれわれの現実の生活に大きなかかわりのあることと認めている。死者たちのわれわれにたいする委託、それが後半の主題となっている。

死は詩人にとってもっとも比重の大きな思想の一つであった。死は「全一の世界」の一つの面である。生のひかりに照らされない他の側面である。もはや大地に帰属せず、長い歳月にわたって習いおぼえた習慣も用いず、例えば薔薇の花のようなゆたかな希望《のぞみ》を与えてくれる事物にも、もはや人間的な意味で未来の期待をかけなくなる。かぎりない生の不安は解消し、名もねがいも不要となる。かつてあった緊密のすべての関係はばらばらに解体されてしまう。

現世に生きている人たちは、生死の間に区別をつけすぎる。二つの世界に生きている天使は、両者の間に区別などはつけていない。詩人はそれについてみずからこう語っている。「生と死にたいする肯定は、一つのものとして哀歌の中に証明されています。……死は私たちとは背中あわせの、私たちによって一度も明らかにされたことのない生の一面です。……真実の生命の形態はこの二つの領域に跨がっており、この二つの世界から汲み尽くせない養分を吸収している私たちの存在にたいするもっとも大きな意識を、明らかにするよう私たちはつとめなければなりません。……現世も彼岸もありません。ただあるものは偉大な一つの統一体であって、そこには、私たちを打ち凌ぐ強烈な天使たちが住んでいます」（一九二五年一一月一〇日、ヴィトルト＝フォン＝フレヴィッチ宛）。

リルケは第一哀歌の中で、他の哀歌の中で歌っている諸要素を先ず取りあげ、その存在の大きな秘密を提示しているが、彼はすでにここにおいて、その秘密の解答を明かしているのである。それは、生も死も、現世も彼岸も、すべて一つとなって共存する「全一の世界」を肯定することによって、われわれの存在の意味とひかりを求めようとするのである。

第二哀歌と第三哀歌

第二哀歌は第一哀歌につづいて一九一二年初頭、ドゥイノの城で生まれた。第二哀歌では、天使が新たに取りあげられて歌われている。無常な人間の存在に比して永遠の世界に生きている天使への讃美が、さまざまな姿で歌われている。

第三哀歌は一九一二年初頭ドゥイノの城で始められ、翌一三年パリで完成された。この哀歌で歌われているのは、青年の愛情の宿命的な姿である。本能的な一面、超個人的、根元的、暴力的な性の衝動と、きよらかで、受身で、真摯な女性の本質にたいする憧憬とが、青年をめぐって葛藤している。この二つの要素のからみあいの中に青年の真の姿がある。

リルケはけっして空虚な観念論者ではなかった。哀歌の青年の姿はとりもなおさず彼自身の姿であった。彼はみずからの体験をここに包みかくさず歌っているのだ。

女性には、星辰《せいしん》に由来する、明るい、清純な力が宿っている。それはけっして神的なものではないが、上から作用するひかりに規定された力である。この力が、暗黒の、強烈な本能の力と、青年という一つの存在の場をめぐって葛藤している。この詩の哀歌的な基調の中にも、結末においてほのかな希望が一すじのひかりを投げている。かよわい女性の愛のいとなみこそ、狂乱の深淵から男性を救うよりどころであることが歌われている。リルケほど女性に傾倒した詩人も稀であろう。青年の運命の詩も、裏をひるがえせば女性礼讃の詩であるともいえよう。

第四哀歌　第四哀歌は第一次大戦の第二年目一九一五年の秋、一一月末に成立。彼の応召直前のことであった。詩はきわめて難解であるが、この詩の結論は、「全一の世界」との結びつきによってのみ人間存在の持続性は保たれるということである。第四哀歌は第一、第二、第三哀歌とのあいだに、世界大戦の勃発とベンヴェヌータ体験とが織り込まれている。これは詩人にとって皆重大な経験であった。人生の成熟にたいする敵意というものを身にしみて感じたのである。人間の体験するものは、めぐり逢いと別れである。生の中に死が育まれているように、別離はつねに人生の姿である。「思いがけない邂逅《かいこう》、遠くから近づいて来るのがわかっていた別離」と、『マルテの手記』に記した言葉は、終生詩人の脳裡を去らぬ命題であった。別離は常住われらが吸う花の香である。「かくわれらは生きて、つねに相別れている」（第八哀歌最終行）のである。生も死も、みな「全一の世界」へそそぐ。人は生まれるに先立って、死をすでに包蔵している。しかも、誰もそれに恨みの心を抱かない。「全一の世界」と脈絡のあるこの存在形式は神秘である。常なき人間のいとなみの世界から、「常あるもの」の世界へ参入する道は、ひっきょう、その死にたいする敵意ない歩みの持続である。

第五哀歌

第五哀歌は一九二二年二月一四日、ミュゾットで生まれた。第一次大戦の二年目、一九一五年六月、住居を明け渡さねばならなくなったリルケは、友人の女流作家ヘルタ＝ケーニヒ（一八八四〜一九七六）の好意で、しばらくの間空家となる彼女の留守宅を拝借することができるようになった。たまたま彼女の家の一室にピカソ（一八八一〜一九七三）の制作にかかる「辻芸人《サルタンバンク》」（一九〇五）の絵が掛かっていた。

リルケ自身パリに住むようになったころ、街上で演技をする軽業師一家にめぐり逢い、その演技と人間の生きる意味について、深く思いをいたすことがあった。ピカソが描いた「辻芸人《サルタンバンク》」とリルケがよく見た軽業師たちとが同一なものであったかどうか、という証拠はないが、そのころパリの街上でこういう芸人たちが演技をしていたことは、確かであった。とにかくリルケは、ピカソの絵を見て、第五哀歌をつくる機縁をつかんだのである。

街上で見物人たちから喝采を浴びる辻芸人の演技に、詩人は一種の虚《むな》しさを感じている。彼らの生き方に深い同情を示しながらも、「全一の世界」という舞台で演じられない彼らの業を、「純粋の過少」、「空虚の過多」と詩人は評せざるを得なかった。辻芸人のような空無な姿は、世界の至るところの広場で行われている。彼らの生き方と流行を追うパリの広場の生き方とは、外形は異なっていても、「あくことなき意志」に翻弄《ほんろう》されている空無である点においては、いささかも変わりがない。次の詩句は「第五哀歌」の根幹を語っている。

天使よ！　われらの知らぬ広場があるであろう。　その場所の
名状しがたい絨毯《じゆうたん》の上で、この世では　けっして「できる」までにはいたらぬ
相愛の人らが　彼らの心の躍動の
奔放な気高いすがたを示すだろう。
また　示すであろう。感動しつつ彼らの歓喜の塔を、
いまだかつて大地のなかったところに

久しく相寄って支えて来た　虚空に懸る梯子を――彼らはそれができるであろう、
彼らを取りまく観衆、かぎりない沈黙の死者らの前で。
そのとき　観衆は　彼らの最後の、つねに貯え
つねに秘めかくして来た、われらの知らない、とこしえに
通用する幸福の貨幣を
投げあたえるのではなかろうか。
静かになった絨毯の上で、ついに真実の微笑をたたえる
二人のために。

この最終のスタンザで詩人は、真の愛情に生きる相愛の人らを対応させている。軽業師のような空無に没入しない相愛の人らを。「彼らはできるであろう」彼らは「全一の世界」の場において、真の演技、彼らの愛情を、なしとげるであろう。真実な存在と皮相な存在とを対比しながら、詩人はわれらの生命がつねに「開かれた世界」との純粋な関連に立たねばならぬことを歌っているのだ。

第六哀歌

第六哀歌は一九一二年二月から三月にかけてこの詩は作り始められた。途中若干の詩句が加えられ、一九二二年二月九日夜、ミュゾットの館で完成した。

この詩は俗に「英雄の哀歌」（Helden－Elegie）と呼ばれている作品で、英雄の存在形式を詩人

固有の解釈で追究したものである。一般人間が生成消滅するのに反して英雄は存在する。死さえも彼にとっては最後の誕生である。第五哀歌までの前半の哀歌が人間の存在の無常を歌い、死と愛の世界の中に生命の動かぬ証左を見たのにたいして、第六哀歌は、「全一の世界」の中にみずからの存在をつづけてゆく英雄の姿を讃美している。

英雄は一つである。英雄の中には暴力が存在する。
彼は世界を傾ける。時間が彼に向かって突進する。

彼は地上にあらわれ　かぎりない視野を持ち、運命を
新しい中心の周囲にめぐらしめる。……

かくて　たゆることなく　彼は拡大する。そして　ついには
その飛躍が　彼を星辰の座につらねるのだ。

「英雄は一つである」という詩句は、彼の英雄観をよく言いあらわしている。英雄はわれわれのように分裂していない。存在と意識がわかれていることなく、一義的にまとまっている。それは「開かれた世界」の大空間をかけめぐる星辰である。行為と闘争の化身であり、人間の想像を絶す

る冷酷な力と勇気との具現者である。サムソンも、シーザー（前一〇〇頃～前四四）も、ナポレオン（一七六九～一八二一）も、みな普通人の存在形式を離れている。彼らは個々の人間が相ついで消滅する中に、時間を越えて星辰の世界に永劫の存在を示している。彼らはいつの時代にも存在し、姿をあらわしている。

第七哀歌

第七哀歌は、一九二二年二月七日、ミュゾットの館で成る。最後的な推敲ができあがったのは二月二六日であった。第六哀歌では英雄の運命が称えられた。しかし英雄は例外である。一般人間の存在の意味はどこにあるのであろうか。第一哀歌以来、人間存在の頼りなさを眺めてきた詩人は、第七哀歌において初めて「この世にあることのすばらしさ」を歌っている。人間の世界が「全一の空間」に開放されているかぎりにおいて、人間の存在にも永遠のひかりが射してくるのだ。その世界には、また天使も住んでいる。天使は人間とは隔絶した存在ではあるが、人間が「開かれた空間」に呼吸するかぎり、そこに、天使も存在するのである。

無常な人間のいのちの中にあっても、彼らはいくつかの偉大なものをなし果たした。詩人はそれに深い確信を持っていた。それらの創作は天使からもその存在の偉大さを証明されたにちがいない。これは地上の存在が無駄でないことを物語っている。「われらの空間」は、ただ、「われらに与えられた空間」ではなくて、積極的に与える、「つまり新たな創作を加えてゆく空間」なのである。「この世にあることは、すばらしきことかな！」という詩人の叫びは、このような洞察に基づいている。

第八哀歌

第八哀歌は一九二二年二月七日から八日にかけて、ミュゾットの館において、一気に成った。

この詩は友人ルードルフ＝カスナーに捧げられている。この詩のテーマがすぎし日の友人との語らいに基づいているからであり、かつ、彼の所説にも負っているからである。カスナーは『想い出の記』でこう語っている。「私は今でもはっきり憶えている。この哀歌が書かれるずっと前のこと、私たちはドゥイノの城の動物園の中を歩きながら、たまたま仲介者としてのキリストについて、つまり、仲介や、仲介にたいするキリストの関係について語り合ったことがあったが、そのときリルケはゆすりかの深い内面的幸福について話していた。この哀歌が私に捧げられているのは、多分一つにはそのためであり、もう一つには、『数と顔』の序論で取り扱った普遍的骨相学に関する私の原理の或る個所に感銘したためであろう。」

リルケの求めた世界はもっぱら、「父」の世界であった。子供の世界、少年と少女のあどけない罪の世界。それ自身が存在の確証を得た世界。動物もまたこの「父」の世界に住んでいる。生と死が統合された空間。彼らには、死の意識などはない。彼らの生活はひたすら前向きである。だが、人間の世界は、つねに、この世の限定されたものにのみ執着している。かぎられた形の世界に生きている人間には、たえず別離の嗟嘆《さたん》がつきまとっている。動物と人間の生き方の対照がここに示されているが、それは、第九、第十哀歌への一つの道程として語られているである。この世に生きていることがなぜすばらしいことであるか、第八哀歌を経て、それはいっそうはっきりする。

誰がいったい、われらを後向《うしろ》きにしたのであろう。
何をするときにも　われらは
郷関《きようかん》をあとにする人のように　振る舞っている。ふるさとを去りゆく人のように
いまひとたび　隈なく谷を見はるかす　最後の丘の上に立って、
ふりかえり　立ちどまり　一瞬　とどまるのだ――
かく　われらは生きて　つねに　相別れている。

「開かれた世界」「全一の世界」に生きていない人間は、つねにその生活の基盤を現世の限定された事象にのみおいている。したがって、そこを支配しているのは無常である。何一つとして束の間に消えゆかぬものはない。人間が人生に別離を繰り返すのは、このためである。

第九哀歌　第九哀歌は一九二二年二月九日完成。ただし、最初の六行と、最終の三行は、一九一二年三月ドゥイノで作詩されていた。この二つの枠の中に新たな思想をもり込んだのである。

詩人はこの哀歌において、大地における人間存在の意味を追求している。抒情の美しいリズムを持った、内的安定感のそなわった詩篇である。

すべての緑よりも　ややほの暗く
葉末《はうれ》ごとに（風の微笑のような）
さざなみをたてながら　月桂樹として
束の間の存在を送ることができるならば——なぜにいったい
人間の存在がなければならぬのか——しかも運命をさけながら
運命にあこがれねばならぬのか——

この詩句は、リルケ的に考えられた人間のあり方を、よく言いあらわしている。「運命をさけながら運命にあこがれる」という詩句は、彼の代表的な言葉の一つとされている。それは、或る意味では、人間の生き方の真髄を突いているとも言えるであろう。彼はみずからの歩いた跡をふり返りながら、つねに詩句の中に秘められた嗟嘆をかみしめていたことであろう。

第十哀歌　第十哀歌は一九一二年初めドゥイノで起稿された。翌一三年晩秋パリで加筆。その年末断片のままの初稿ができあがった。一九二二年二月それを破棄し、一一日一六か所の新たな詩句を加えて、全貌を一新した今日の形が成立した。

哀歌は、彼の人間的綜合の成果であって、ドゥイノ時代の絶望と嗟嘆とがやがてすばらしい現世肯定に変わってゆくためには、やはり一〇年の歳月が無駄であったとは言えなかった。詩人はこの終末の詩において、人間生活の苦悩がけっして無為に終わらぬことを歌っている。われらの生活は、その苦悩をとおしてのみ、かぎりなく「開かれた世界」へ変転してゆく。そこには、生と死の両域に跨る永遠の内界空間が存在する。そのとき、人間は、現世にあって永遠のひかりをあびる。

いつの日か　きびしき認識の極北にたって
諾《うべな》う天使らに　歓呼と賞讃とを　高らかに歌わんものを……

人生の悲喜辛苦に耐えつくしたのち、死生を越えた世界、つまり「開かれた世界」へと、おのずから変貌をとげてゆく人間の姿を詠い描くことによって、哀歌はしめくくられている。

しかし、無限の死に入った彼らが、われらに一つの象徴《シンボル》を呼び起こそうとするならば、
見よ、彼らは、おそらくは、落葉《らくよう》の榛《はしばみ》の枝にかかる
花序を指さすであろう。
あるいは　また　早春の暗き土壌にしたたる雨を、心にえがくであろう。

われらは　かぎりなくのぼりゆく幸福を思う。
そして　われらに　幸《さいわ》いのふりそそぐとき、

われらは　みずから驚くほどの
　感動をおぼえるであろう。

ここに「開かれた世界」と現実とのあいだに、微妙な脈絡が示されている。光明に照らされた無《む》碍《がい》の世界。われらがその秘密に触れるとき、ありとしもない現世の諸相の中にも、無限の幸いがふりそそぐ。枯枝によみがえる榛の花序の中にも、ほの暗い土壌にしみ入る春雨の中にも、われらはこのかぎりない象徴《しるし》をみる。詩人リルケの現世頌歌がここにエピローグを結んでいる。人間探究の彼の結語である。

二九編の「ソネット」

ミュゾットの館における集我的な生活は、詩人に新たな詩的結晶を与えるよすがとなった。『ドゥイノの哀歌』を生んだ詩的山脈の尾根を伝え歩きながら、おのずから迸《ほとばし》り出た詩群である。いわば、『哀歌』は前庭に咲いた花であり、『ソネット』は裏庭に咲いた花で、二つの詩群のあいだには深い内面的なつながりがある。

一九二一年が暮れて新年が明けようとするころ詩人は、ゲルトルート゠アウカマ゠クノープ夫人から娘ヴェーラの死についての覚え書を受けとった。この手記は娘の発病から闘病期を経て死に至るまでの過程を克明に記したものであったが、とくに臨終間際の少女が死と理解しあう描写はリルケに深い感銘を与えた。その心的体験は哀歌の颶風の前触れのように、一気に二十数編のソネットを生ましめたのである。

その後、また、一九二二年の二月下旬、九日間にわたって二九編のソネットが生まれた。昼夜創作の嵐の中に生きつづけた詩人は、すっかり消耗してしまった。

彼はこの一群のソネットに『オルフォイスにささげるソネット』と命名した。詩人はもとより透視者としてのオルフォイスにそのよすがを求めているが、それは宗派の祖としてのオルフォイスではない。彼の文学の世界に固有の変転をつづける、いわば彼自身の神である。リルケのソネットの中には、ディオニュソス的なオルフォイスの神秘的な存在が感じられる。彼の魔力はあらゆるものに浸透している。彼に触れることによって、初めて被造物のすべては十全な展開をなす。彼は詩人によって神または主と呼ばれている。けれども、それは宗派の神ではない。彼の内界空間を駈けめぐる永遠のメタモルフォーゼなのである。

リルケは第一部第五ソネットの中で、こう詠っている。

記念の石をたてるな。ただ　年ごとに
薔薇の花を咲かしめよ、オルフォイスのために。
薔薇の花こそオルフォイスなれば。その変転は
あらゆるものの中にあらわれる。碑銘にのみ

こだわってはならない。歌のしらべのあるところ、
そこに　オルフォイスは存在する。　はた　来たり、はた　去ってゆくのだ。
おりふし　幾日か　薔薇の杯《さかずき》の上にあらわるることの
すでにして　すばらしいことではないか。

ああ　身にしみて思えよ、みずから　去ることに不安を覚えるときさえ、
オルフォイスは　消えゆかねばならぬことを。
オルフォイスの言葉は現世《うつしょ》をこえて

はや追従をゆるさぬ彼岸に存在する。
七絃琴《リラ》のしがらみさえ　その手を抑えるすべもないであろう。
縹渺《ひょうびょう》として打ちすぎながら　オルフォイスはつねに従順である。

風のように、はた来たり、はた去るのである。いっさいがオルフォイスのあらわれ、自然の摂理である。リルケは生涯彼の固有な神を求めた。そして、辿りついた世界が「オルフォイスにささげる世界」であった。第一部第三ソネットの最終スタンザの詩句を眺めてみよう。

恋の叫びなど　忘れよ。それは、空しく消え去るにすぎない。
真実に詠《うた》うとは　別の次元の息吹きだ。
無をめぐる息吹き　神の中のゆらめき　風なのだ。

この「無をめぐる息吹き」、「神の中のゆらめき」、「風なのだ」こそ、リルケが彼の認識の極北において凝視した神のあらわれなのである。つづく第四ソネットの「微風」(die Lüfte 空気の複数形、空《くう》の意)、「空間」(die Räume 空間の複数形)も、同じ概念である。これらの概念は、仏教哲学の「空」、「無」などの概念ときわめて近い。

晩年詩の母胎『マルテの手記』

リルケはあふるる才能にめぐまれた詩人ではなかった。小説も書き、戯曲も書けるという作家ではなかった。彼の唯一の長編小説とみなされる『マルテの手記』でさえ、厳密の意味では小説とは言い得ない。若いころ書いた戯曲などはいずれも習作の域を脱していない。彼には小説家としての構成能力が欠けていたし、戯曲家としての人物駆使の資質も乏しかった。彼の本質は、ひたすら抒情詩人にあったのである。が、これとても、恋愛、友情、追憶、風景、社会、政治等々に触れる主観の放出を詠うわけでもなかった。ロダンの芸術的姿勢を学んだときに、彼はこれらの世界に訣別を告げていた。彼はひたすら事物の客観的描写に打ち込もうとした。動物も花も、凝視の対象としての事物となったのである。『新詩集』はこの意味における重要な体験であった。ゲーテのゆたかさと思い比べるならば、彼の辿った足跡はなんとほそぼそとした道であったことか。

抒情詩人であること。このゆるされた一つの資質をどこまでも掘りさげていったとき、彼は人間性そのものの探究につきあたった。小説『マルテの手記』は、小説家のフィクションではない。そこに描かれた人間の諸相は、風俗史として示された姿ではなく、一人の人間の存在を探ろうとする著者の眼に映じた世界なのである。小説『マルテの手記』は彼の晩年詩の母胎であった。すべての文体と詩想はいったんここにそそぎ、この湖を基点として新しい流れが発している。第一次世界大戦勃発のため、彼の詩業の完成がおくれた。『ドゥイノの哀歌』、『オルフォイスにささげるソネット』などが完結したのは一九二二年の二月だったから、晩年の詩想が発してから一〇年の歳月が経過している。その間、詩人は人間存在の問題を詠いつづけようと苦慮したのである。

詩作することで思索し得る人

『哀歌』と『ソネット』とはまったく異なった詩群であり、形式もいちじるしく別個のものでありながら、それが生まれ出た背景は同じ一つのものであり、ひとしくリルケ晩年の詩想のあらわれである。「哀歌とソネットとはたえず相互に支えあっています……一つの呼気でこの二つの帆に一挙に風を満たし得たことを、私はかぎりない恩寵と感じています。ソネットのささやかな薔薇色の帆と、哀歌の巨大な白帆とに」（一九二五年一一月一〇日、ヴィトルト＝フォン＝フレヴィッチ宛）という詩人の言葉が、これを物語っている。湧きいずる地下水のようにおのずからあふれ出たソネット群は、永年苦慮を重ねた厳粛な哀歌の構成の上に、明るいひかりをゆたかにふりそそいでいる。二つの詩群は相俟って一つの世界を描いているのである。この二つの詩群の究明は、とりもなおさず、リルケ自身の究明にほかならない。

生きているあかし、生存＝存在の意味を、彼は詩作によって明らかにしようと思った。『哀歌』や『ソネット』の焦点は、すべてここに向けられている。リルケは抒情詩人である。しかも、その課題は、ひたすら人間生存＝存在の問題に向けられている。なぜ、彼は、そのようなテーマを、哲学によって究明しなかったのであろうか。ヤスパース（一八八三〜一九六九）やハイデガー（一八八九〜一九七六）らによって実存哲学の打ちたてられている今日、詩によって表白された彼の思考には、いったいどのような存立価値があるのであろうか。

彼自身しばしば明言しているように、彼は哲学的体系を好まなかったし、哲学書などは、カント（一七二四〜一八〇四）、ショーペンハウアー（一七八八〜一八六〇）らのごく一小部分をのぞいては、ほとんど読んだことさえなかった。哲学的体系をとおして人間存在の問題を考究しようとすることなどは、およそ彼の念頭にはあり得なかった。彼は詩作することによってはじめて思索し得る人であった。この意味においては、彼はまことにたぐいまれな詩人と言わねばならない。シラーの思想詩とは、おのずから趣きを異にしている。彼は思索の理づめな散文で積み重ねてゆくことは、できなかった。彼はみずからの哀歌が生まれるさまを、brausen, klingen, anheulen などの言葉を用いて表現している。つまり、彼の人間存在の思索は、「風のように鳴り」(brausen)、「リズムのようにひびき」(klingen)、また、「咆哮《ほうこう》する」(anheulen)ことによってのみ生まれ出たのである。思索は詩のかたちにおいてのみはじめて可能だったのである。「哀歌に正しい解釈を与え得るのは、果たして私でしょうか。それは私を無限に凌駕しているのです」(一九二五年一一月一三日、ヴィトルト＝フォン＝フレヴィッチ宛)という作者自身の言葉が、哀歌の本質をもっともよく言いあらわしている。私はここで第九シンフォニーの作者ベートーヴェンを想起する。彼は「歓喜《よろこび》に寄す」を作曲したが、それは作者を無限に越えてゆくと言えないであろうか。それを聴くたびに人々は感慨を新たにするが、おそらく作者自身にとっても、そうであったにちがいあるまい。あの曲にもっとも的確な解釈を与えうるのは、必ずしもベートーヴェンに限っている訳ではあるまい。リルケ自身自作についてこう言っている。「今になってはじめて朗読しながら新たな理解ができ、いっそうつき進んだ説明ができるようになった」(一九二三年四月二三日、妻宛)。また、「たとえ不明なところがあっても、解明を必要とする性質のものではない。じっと耳を傾けておれば、たりることだ」(同上、妻宛)。これらは「ソネット」について妻に寄せた言葉であるが、この精神はそのまま「哀歌」にもあてはまるのである。詩人自身も、自作の詩を読み返しながら、そのたび、つねに新しい感銘をうけていたのである。

リルケと実存哲学

私は一九四九年一一月から翌一九五〇年一〇月にかけて、シンチンゲル（一八九八～一九八九）先生のもとで、『ドゥイノの哀歌』を、旧制高校時代の私の教え子であった若い数学者山本進君といっしょに読んでいただいたことがあった。先生はハイデルベルクで実存哲学の開祖の一人ヤスパースの教えをうけ、ハンブルクでカッシーラー（一八七四～一九四五）から学位を得た哲学者である。先生の日本滞在は半世紀をこえ、東京大学や学習院大学でドイツ文学を講じておられた方である。その名著『文化の省察』（一九四二）には西田幾多郎の序文が寄せられている。先生のもとで『ドゥイノの哀歌』を精読させていただいたことは、忘れ得ない感銘である。リルケのいわゆるheulen, brausen, klingenなどの言葉を、耳をとおして味わう機会を得たからである。思想詩が言葉のひびきによって無限のひろがりを描くさまを、感受できたからである。今は遠く去った日を、静かにかみしめている。

アンジェロスが自著『ライナー＝マリア＝リルケ』（一九三六）で伝えるところによれば、かつてハイデガーは、「自分の哲学はリルケが詩で表現したものを思索的に展開させたものにすぎない」と、彼に語ったという。ハイデガーの主著『存在と時間』が上梓されたのが一九二七年、ヤスパースの三部作『哲学』が刊行されたのが一九三二年である。もとよりリルケが実存哲学を標榜しているわけでもなく、この傾向に属する哲学の主要著書がいずれもリルケの死後あらわれたことを思えば、彼がこの哲学によりどころを求めたものでないことは明らかである。にもかかわらず、ハイデガーの言葉のように、この哲学とリルケ詩との関係は深いきずなによって結ばれていると言わねばならない。

詩人追慕の旅

一九六三（昭和三八）年四月から一年間、私はハンブルク大学日本学科で日本語や日本文学を講義する機会に恵まれた。

一九六三年のドイツ

当時はまだ冷戦のさなかで、ドイツは東西に分かれており、国境の壁を越えて西ドイツに逃げようとする東ドイツの人たちは、東ドイツ兵によって射殺されるという恐ろしい時代であった。私の訪れる一五年前（一九四八年六月）には、ソ連が西側占領地域の通貨改革に対して東ドイツ領の中で孤立していたベルリンへの西ドイツからの交通を封鎖して、兵糧攻めにした。これに対してアメリカは、航空機で食糧を投下して対抗した（このベルリン封鎖が解除されたのは翌四九年五月）。一九六三年春に西ドイツを訪れたアメリカ大統領のケネディ（一九一七〜六三）は、ベルリンに乗り込んで「Ich bin Berliner！（私はベルリンっ子だ！）」と演説して、市民の士気を鼓舞した。彼がその年の一一月二三日テキサス州のダラスで射殺されたときには、ドイツ人はみな慟哭《どうこく》したのである。

このようなドイツの世相は、リルケが一兵卒として応召した様子や、スイスへ講演旅行に出かけたまま帰国できなくなった状況などを追想するに、ふさわしい環境であった。私は休暇を利用して、ミュゾットの館やリルケの娘夫妻を訪ねることができた。今は遠い昔となったこれらの想い出を書き記して、本書の結びとしたい。

一人娘ルート夫人を訪ねる

オーストリアの女流作家インマ＝フォン＝ボードマースホーフさんを訪ねたとき、彼女が若い娘時代詩壇の大先輩であったリルケに可愛がられ、一人娘のルートさんとも大変親しく、二人はドゥツェンの間柄（親称のドゥーで呼びあう仲）であった、と伺った。そんな事情だったので、ルート夫人に会いたいという私の希望を気軽に引き受けてくださった。ハンブルクの私の下宿先には、その後間もなく、ルート＝フリッチェ＝リルケ夫人から喜んでご来訪をお待ちしている、という手紙がとどいた。

年来リルケに親しんできた私は、せっかくドイツを訪れた機会に、いくたびとなく繰り返し書き記したルートという名のお嬢さんにお目にかかって、なんとなく四方山《よもやま》話がしてみたかったのである。ただ、それだけで、私にはかぎりなく楽しいことだった。

一九六三年九月一七日、ドイツはすばらしい快晴であった。私たちは九時四五分、ハンブルクのダムトール駅前で落ち合った。私たちというのは、ロロ＝ピパー夫人と、その義妹グドロン＝マールマン夫人と私とである。この日ルート夫人を訪ねる私の約束を知っていた二人の夫人たちは、ドライブしながら、ブレーメンの近くのフィッシャーフーデという片田舎に住んでいるルート夫人のところまでつれて行ってやろうという、ありがたい申し出をしてくださったのである。ロロさんは日本詩の研究家として令名があり、グドロンさんは、夫君とともに得がたい抽象画家として、その道で知られている方であった。ずいぶん回り道になるのであるが、ぜひヴォルプスヴェーデを見たいという私の希望を入れて、彼女らはこころよく遠道をしてくれたのである。

ヴォルプスヴェーデは一九世紀末ロシア旅行を経験したあとで、リルケがしばらく滞在したところである。ここで生涯の伴侶クララ゠ヴェストホフを知ったことは、あまりにも有名である。あれから六〇年以上もすぎていたので、彼の日記から想像されるほど寂しいところではなかったが、あの当時、初秋の星空のもとを、クララと共に語りながら夜道を拾い歩いた詩人の姿が、おのずから浮かびあがってきた。

三時ころフィッシャーフーデの村の宿屋に部屋をとった私は、二人の夫人たちと別れ、村はずれのルート゠フリッチェ夫人を訪ねた。寂しい村道を二〇分あまりも歩いているうちに、ふと、「……野中の小道をたどる人も……かわずの啼くねも……」という小学唱歌が想い出された。それほど、草深いところであった。ご主人のフリッチェ氏が出迎えてくださった。ご主人は音楽家であると聞いていた。裏に一面の原が見える階下の小さな部屋に通された。そこにはガラスの開き戸のついた大きな本箱が三つあり、ほかに、机やテーブルなどが所せましとおかれていた。もう部屋の中は薄暗かった。東向きのせいだったかも知れない。

やがて、ルート夫人があらわれた。彼女は父親似である。二人にとって、遠い日本からの客は、やはり珍しい様子であった。日本の様子や日本におけるリルケ文学のことなど、いろいろと尋ねられた。戦後一時はリルケ゠ブームともいうべきほど、ドイツにもリルケ熱がさかんであったが、当時はすっかり静まりかえっていた。しかし、地下の詩人はそれをよろこんでいるにちがいない、と思った。一人娘のルート夫人が世をすててこの草深い里にひっそりと住んでいるのも、私には、いかにも象徴的に思われた。

ヴァイマルのリルケ文庫というのは、彼女の手元にあった三つの本箱がもとになっていることがわかった。マールバッハのリルケ文庫のことを尋ねたら、

「あれは、キッペンベルクさんの集められたものです」

という答だった。それからそれへと話がはずんだ。新婚当時詩人夫妻が住み、そこでルートさんの生まれたところ、つまり、「巡礼の書」が書かれたヴェスターヴェーデの農家は、焼けてしまったということだった。ドイツにもわずかに数部しかないという処女詩集や、『ヴェークヴァルテン』なども見せてもらい、たくさんの筆蹟や、詩人がいつもポケットに入れていて、感興の湧くごとにメモを書き記した有名な手帳も見せてもらった。達筆で、ぎっしりと書き込まれていた。ドイツ文学史上、リルケほど達筆の作家はいなかったであろう。私たちは薄暗い部屋の中で二時間あまりも語り合った。やがて、私は、暮れかかる田舎道を、村の旅籠屋《はたごや》へと急いだ。

「恐ろしいほどにさびしい、ささやかな館」

リルケの代表作『ドゥイノの哀歌』や『オルフォイスにささげるソネット』などが、ミュゾットの館で作られたことは、リルケに関心を持っているほどの人ならば、誰でも知っている。このささやかな住居は、いわばヨーロッパの文学散歩の、

かくれた一つの対象である。

　有名な『哀歌』や『ソネット』が生まれたのは、一九二二年の二月であった。これらの大作ができあがったとき、リルケは喜んで、寒い月のひかりの中をそっと外へ出て、この館のつめたい外壁を、さながら大きな生物をさするかのように、なでまわしたという。

　一九二四年四月六日、ポール＝ヴァレリーがこの館にリルケを訪れた。感動したリルケはその日を記念して庭に柳の木を植えた。リルケの死んだあとで、ヴァレリーはそのときの想い出を語っている。「大きな物悲しい山地におかれた、恐ろしいほどに寂しい、いともささやかな館。くすんだ家具や狭い窓をもった、古風な、瞑想的な、もろもろの部屋。それが私の胸をしめつけました……永遠の冬の長さを、静寂との熱狂的な親しさの中で暮らす、かくまでに孤独な生活が可能であろうとは、ほとんど考えられませんでした。」

　一九六三年一〇月一日、九時五分、私はジュネーヴ駅をたった。ミュゾットの館を訪ねるためであった。快晴の、さわやかな秋の一日であった。汽車はレマン湖の北岸を湖水ぞいに走って、ローヌ河の渓谷をさかのぼって行く。二時間四〇分ののち、シエールという小さな町に着く。ここから北の方、二〇分ばかり山の中へ入ったところに、ミュゾットの館がある。あたりは、一面に、ゆるやかな起伏のある山々が見える。

　ところが、ちょうどあの辺は、フランス語圏とドイツ語圏とが重なり合うあたりだった。タクシーの運ちゃんが、あいにくドイツ語も英語もわからず、手まね、足まね、秘術をつくして、やっ

リルケとヴァレリー　1926年９月13日、レマン湖畔アンティにて

と目的地に辿りつくことができた。

　幸い写真でいくたびもお目にかかっていたので、近づくと、すぐそれであることがわかった。まことに寂しい山の中で、あたりに家は一軒も見あたらない。よくもあんなところへ四十数年も前に移り住んだものだと感心した。ヴァレリーの言葉にはいささかの誇張もないことが、よく理解された。あの当時はもちろん水道も電灯もなかったのだ。リルケは、夜、蠟燭の灯のもとで筆を執った。買いだしなどどんなに不自由であったのか、察するにあまりある。

　この館は、一三世紀につくられ、一七世紀に改造された。家具などは、リルケの移ったころは、一七世紀のままだったという。階下三間《みま》、階上三間の、ささやかな住居であるが、昔はしかるべき騎士の館であったという。

　ミュゾットの館は、当時、友人ヴェルナー＝ラインハルト（一七三ページ参照）という友人が買いとって、貧しいリルケのため、使用に供してくれたのであるが、私が訪れた時はもちろん所有者も変わっていた。個人の住宅となっていたので、中を見ることなどはもちろんできなかった。記念の柳の木も確認できなかった。

ローヌ渓谷の寂しい丘陵地帯。あたりは果樹の山となっている。あまりに寂しいところだったので、しまいにはリルケは、家政婦にも逃げられてしまった。一九二五（大正一四）年の一〇月の或る日、そして或る夜、彼はこの古塔の中で、ただひとり、蠟燭の灯のもとで、遺書をしたためた。衰えた肉体をささえながら死と対決している詩人を想うと、凄絶《そうぜつ》という、厳しい文学の世界を、想い出さざるを得ない。

ミュゾットから二、三〇キロ離れた、ラロンの山上の教会の境内に、リルケの墓がある。その日のうちに、私はその墓にも詣でることができた。

ラロンの丘陵の教会　リルケの柩はこの教会に埋葬された。

あとがき

本書を通読された読者は、リルケの作品名や引用の同一作品の和訳名などで、ときに若干の違いのあることに気づかれたと思う。これは、星野の原稿は可能なかぎりそのまま残すようにし、序論や年譜での小磯の訳例や訳語との厳密な統一を敢えてはからなかったために生じた差異にほかならない（たとえば星野の『ドゥイノの哀歌』に対し、『ドゥイノの悲歌』あるいはリルケの墓碑銘の三行詩や「ハイカイ」の和訳例など）。それぞれの立場を自ら明確にはしても、二つの間に根本的な差異があろうはずがなく、かえって共著の持つひとつの特徴をあらわにしつつ、同時にひとつのリルケが在るというべきであろう。ただし、人名、地名などの固有名詞については、広くリルケ書に使用されている現行表記に改めた語例もある（プラーク→プラハ、ミュンヘン→ミュンヒェン、ソリョ→ソリオなど）。また遺稿の性格上、十分な推敲を経ないで明らかに誤記のまま残された言葉、年代などについても小磯の責任で修・訂正を行った。

本書が成るまでには多くの関連する書物のおかげをこうむり、その一部は参考文献に挙げたが、中でも塚越敏教授・監修の「リルケ全集」（全一〇巻　河出書房新社　一九九〇－九一）にはとくに大きな恩恵に浴したことを記しておく。

最後に、本書の発端から現在までの長い道のりを見守られ著者を励まされた清水書院の清水幸雄氏、ならびに小磯の執筆部分を含め全体が実りある一巻となるためにあらゆる努力を惜しまなかった同社編集部の徳永隆氏に、星野との二人分の感謝を申す次第である。

平成一二(二〇〇〇)年一二月

小磯　仁

リルケ年譜

西暦	年齢	年譜	参考事項
一八七五		12・4、プラハのハインリヒ通り19番地に生まれる。ルネ(＝カール＝ヴィルヘルム＝ヨハン＝ヨーゼフ)＝マリアと命名される。父ヨーゼフは陸軍士官になったが、病気で退役し鉄道会社の幹部(監督官)となる。母ゾフィー(フィア)の女児への強い希望から、ルネは5歳まで女の子として育てられる。	ドイツ社会主義労働党、結成。 トーマス＝マン誕生。 ビゼー、ミレー、メーリケ、アンデルセン死去。
八二	7	ピアリスト修道会小学校に入学(～八四)。	ドイツ、オーストリア、イタリア三国同盟成立。
八五	10	両親が別居状態となる。	第一回インド国民会議。 ユゴー、ヤコブセン死去。 北原白秋、木下杢太郎、武者小路実篤誕生。
八六	11	9月末、ザンクト-ペルテンのオーストリア陸軍幼年実科学校に入学。最初の詩を書き始める。	ベルリンにフィッシャー書店創設。 ニーチェ『善悪の彼岸』 ブロッホ、リヴィエール、

一八九〇	15	6月末、ザンクト-ペルテンのオーストリア陸軍幼年実科学校を修了。 9月、メーリッシュ-ヴァイスキルヒェンの陸軍上級実科学校に進学。	石川啄木、萩原朔太郎、谷崎潤一郎誕生。 ビスマルク退陣。 ケラー死去。 ヴェルフェル誕生。
九一	16	6月、健康上の理由でメーリッシュ-ヴァイスキルヒェン陸軍上級学校を中退。 9月、リンツの商業専門学校に入学。 ウィーンの「ダス-インテレサンテ-ブラット」誌に、懸賞応募した彼の詩が初めて掲載される。	三国同盟更新。 シベリア鉄道起工。 メルヴィル、ランボー死去。 ハウプトマン『寂しき人々』
九二	17	5月半ば、恋愛事件をおこし、リンツ商業専門学校を一年足らずで中退。プラハに帰り、伯父ヤロスラフ=リルケの励ましと経済援助のもとで秋から個人教授を受け、高校卒業のための検定（大学入学資格取得）試験の準備に集中。 この頃より諸雑誌に詩を発表し始める。	ゲオルゲ派の「芸術草子」創刊（～一九一九）。 ハウプトマン『織工』 芥川龍之介、佐藤春夫誕生。
九三	18	一つ年上の女性ヴァレリー=フォン=ダーフィト=ローンフェルト（愛称ヴァリー）と知り合い、親密に交際（～九五）。 彼女には約一三〇通もの手紙を書き送り、詩もつくる。	ドイツ、軍備拡大案成立。 モーパッサン死去。 トラー誕生。
九四	19	ヴァリーに捧げる処女詩集『いのちとうた』をユング・ドイ	ドレフュス事件おこる。

一八九五	20	チュラント社から出版。 7月、高校卒業検定試験に合格、大学入学資格を取得。冬学期よりプラハ大学に入学。美術史、哲学、文学史の講義を聴く。 第二詩集『家神への供物』をドミニクス書店から出版。	日清戦争勃発（〜九五）。 第2次エチオピア戦争。 エンゲルス死去。 シュニッツラー『恋愛三昧』 ヴァレリー『レオナルド=ダ=ヴィンチの方法』
九六	21	9月、ミュンヒェン大学に移籍。美術史、美学、ダーウィン理論を聴く。 ヤーコプ=ヴァッサーマン、ヴィルヘルム=フォン=ショルツらとの交遊。ヴァッサーマンを通して、デンマークの詩人イェンス=ペーター=ヤコブセンの作品を知り、影響を受ける。 雑誌「ユーゲント」への寄稿など文筆活動を活発に行う。 詩文書『ヴェークヴァルテン』（きくにがな草）第一集として、『民衆に贈る歌』を自費出版（第二、第三集も）。詩集『夢を冠りて』を、フリーゼンハーン書店から出版。	近代オリンピック、第一回大会（アテネ）開催。 ヴェルレーヌ、エドモン=ド=ゴンクール死去。 ハウプトマン『沈鐘』 チェーホフ『かもめ』 シュニッツラー『輪舞』
九七	22	3月末、ヴェネツィアへの旅。 5月、ミュンヒェンに滞在していた当時36歳のルー=アンドレアス=ザロメと知り合い、生涯にわたり多くの影響と助力を受ける。	ゲオルゲ『魂の年』 ヴェーデキント『地霊』 ジッド『地の糧』 島崎藤村『若菜集』

		6～9月、ミュンヒェン郊外ヴォルフラーツハウゼンで、ルーや美術史家アウグスト＝エンデルらと合同の勉強会を持つ。ルネをライナーと改名。 10月初、ルーを追いベルリンに移り、アンドレアス＝ザロメ夫妻の近くに住む。 11月、画家ラインホルト＝レプジウス家で行われた朗読会で、シュテファン＝ゲオルゲに会う。 詩集『降臨節』をフリーゼンハーン書店から出版。	
一八九八	23	4～5月末まで、イタリア旅行（アルコ・フィレンツェ・ミラノ・ヴィアレッジョ）。『フィレンツェ日記』を執筆。フィレンツェではゲオルゲに再会し、ヴォルプスヴェーデの画家ハインリヒ＝フォーゲラーを知る。 12月、ヴォルプスヴェーデにフォーゲラーを訪ねる。これが最初のヴォルプスヴェーデ訪問となる。 短篇集『人生に沿って』をアードルフ＝ボンツ書店から出版。	ロシア社会民主労働党結成。 米西戦争勃発。 ビスマルク、フォンターネ、マイヤー、マラルメ死去。 ブレヒト誕生。
九九	24	4・25～6・18、第一回目のロシア旅行。ルー＝アンドレアス＝ザロメ夫妻と共に、モスクワ・ペテルスブルクに滞在。モスクワでトルストイを訪問。 9～10月、ベルリンに戻り、『時禱詩集』第一部「僧院生活の巻」第一稿を書く。 短篇集『プラハ二話』をアードルフ＝ボンツ書店から出版。	義和団の蜂起（～一九〇一）。 南アフリカ（ブール）戦争おこる（～一九〇二）。 トルストイ『復活』 ホルツ『抒情詩の革命』 シモンズ『文学における

一九〇〇	25	詩集『わが祝いのために』をハインリヒ＝マイヤー書店から出版。 5・7〜8・24、ルーと二人で第二回目のロシア旅行。モスクワには2週間滞在。ヤスナーヤ‐ポリアーナにトルストイ訪問。キエフを経てヴォルガ河を遡り、再びモスクワへ。さらにヴォルガ河岸ニゾブカ村では農民詩人ドロシンと知り合い、さらにペテルスブルクに至る。 8・27、ヴォルプスヴェーデに着き、フォーゲラー家の客となる。当地で女流画家パウラ＝ベッカー、女流彫刻家クララ＝ヴェストホフらを知る。 11月以降、ベルリンへ。 12月、ルーの家でゲールハルト＝ハウプトマンに会う。 短篇集『神様の話、ほか』をインゼル書店から出版。	象徴主義運動』 ニーチェ、ワイルド死去。 ゲオルゲ『生の絨氈』 シュピッテラー『オリンピアの春』 チェーホフ『三人姉妹』 フロイト『夢判断』 雑誌「インゼル」創刊
〇一	26	3月半ば、ヴォルプスヴェーデの隣村ヴェスターヴェーデに移住。 4月、クララ＝ヴェストホフと結婚。ヴェスターヴェーデに住む。 9月、『時禱詩集』第二部「巡礼の書」を書く。 12月、娘ルート誕生。 戯曲『家常茶飯』がベルリンで上演されたが不首尾に終わる。これ以降、戯曲は書かれず。	ロシア、社会革命党結成。 オーストラリア連邦成立。 北京議定書調印。 トーマス＝マン『ブッデンブローク家の人々』 与謝野晶子『みだれ髪』

一九〇二	27	短篇集『最後の人々』をアクセル＝ユンカー社から出版（発行年一九〇二）。 5月、画家の評伝『ヴォルプスヴェーデ』を書く。美術史家リヒャルト＝ムーターからロダン論の執筆を依頼される。 伯父からの資金援助の打ち切りで家庭経済が破綻し、ヴェスターヴェーデの家を解散。 8・28、ルートをクララの実家に預け、単身パリに移住（～〇三年6月末）。 9・1、初めてオーギュスト＝ロダンを訪問。美術館・図書館通いが始まる。 年末、『ロダン論』第一部完成。	日英同盟成立。 ゾラ、正岡子規死去。 ハインリヒ＝マン『女神たち』 ジッド『背徳者』 ゴーリキー『どん底』 森鷗外『即興詩人』
〇三	28	『形象詩集』（初版）を、アクセル-ユンカー社より出版。 3～4月、根をつめたパリでの生活で心身が著しく衰弱したため、イタリアのヴィアレッジョに滞在。ここで『時禱詩集』第三部「貧しさと死の巻」を数日で書き上げる。 夏、クララと彼女の実家に行き、短い団欒の時を過ごす。 9月以降、クララと翌年6月までローマに滞在。 『ヴォルプスヴェーデ』を、フェルハーゲン-クラーズィング書店より、『ロダン論』（第一部）を、ユーリウス-バルト書店より出版。	ライト兄弟の飛行機、飛行に成功。 トーマス＝マン『トーニオ＝クレーガー』 ホーフマンスタール『エレクトラ』 デーメル『二人』
〇四	29	2・8、ローマ滞在中に『マルテ＝ラウリス＝ブリッゲの手	日露戦争勃発（～〇五）。

年	年齢	事項	参考事項
		記』を書き始める。デンマーク語を学習し、ヤコブセン、キルケゴールを原書で読む。 6〜12月、社会活動家エレン＝ケイの勧めでデンマーク・スウェーデンを旅する（ボーアビュー＝ゴーを中心にルンド、コペンハーゲン、イェーテボリなど）。 12月、帰国、翌年2月までオーバーノイラントで過ごす。 『神様の話』（改題した決定版）を、インゼル書店から出版。	堀辰雄生まれる。 チェーホフ、ラフカディオ＝ハーン死去。 ヘッセ『郷愁』 ヴェーデキント『パンドラの箱』 ロマン＝ロラン『ジャン＝クリストフ』 チェーホフ『桜の園』
一九〇五	30	3月以降、ドレスデン、ベルリン、ゲッティンゲン、フリーデルハウゼンなどに滞在。 7月、ベルリンにゲオルク＝ジンメルを訪問。 9月半ば、再びパリに帰り、ロダンの私設秘書のかたちで、ムードンのロダン邸に住み込む。 10月下旬〜11月、初めての講演旅行を行う。ドレスデン、プラハでロダンをめぐり講演する。 『時禱詩集』（全三部）をインゼル書店より出版（社主キッペンベルクとの繋がりが深まる）。	第一次ロシア革命 第一次モロッコ事件 サルトル生まれる。 モルゲンシュテルン『絞首台の歌』 夏目漱石『我輩は猫である』 ワイルド『獄中記』 上田敏訳詩集『海潮音』
〇六	31	2月下旬〜3月末、二度目の講演旅行。 3・14、父ヨーゼフ死去。 5月、些細な誤解からロダンの怒りを買い、秘書もやめざる	アルヘシラス会議。 ドレフュス、名誉回復。 イプセン死去。

		を得なくなり、ロダン邸を出て、パリのカセット街に住む。 7月末より各地を旅行。年末からカプリ島に滞在。 『形象詩集』（改訂増補版）と『旗手クリストフ＝リルケの愛と死の歌』決定稿をアクセル＝ユンカー書店より出版。	ヘッセ『車輪の下』 ディルタイ『体験と詩作』 夏目漱石『坊ちゃん』『草枕』
一九〇七	32	1～5月、カプリ島に滞在。 5月末、パリに帰る。10月までパリに滞在。 10月、パリのサロン＝ドートンヌでセザンヌ展を見て大きな感銘をうける。 11月、各地で三度目の朗読会を開く。その途上、プラハでロダンから和解の手紙を受け取る。ウィーンではヒーツィングにルードルフ＝カスナーを、ローダウンにホーフマンスタールを訪ねる。 11月下旬、ヴェネツィアを訪れ、ピアニスト・ミミ＝ロマネリと知り合う。 12月、オーバーノイラントで過ごす。 『ロダン論』（増補新版）をユーリウス＝バルト書店より、『新詩集』をインゼル書店より出版する。	英仏露、三国協商成立。 アメリカ金融恐慌 ゲオルゲ『第七の輪』 ホーフマンスタール『全詩集』 ベルグソン『創造的進化』 夏目漱石『虞美人草』
〇八	33	2月下旬、妻子と別れ、ドイツの各地、イタリアのカプリ島に滞在。 5月、パリに帰る。 8月、パリ、ヴァレンヌ街のビロン館（当時このアパルトマ	オーストリア＝ハンガリー帝国がボスニア＝ヘルツェゴヴィナ併合。 ヴァッサーマン『カスパ

一九〇九	34	ンには画家マチス、ロマン＝ロラン、詩人コクトー、舞踊家イサドラ＝ダンカンらが住んでいた）に落ち着く。『マルテの手記』の執筆大いに進む。 『新詩集 別巻』をインゼル書店より出版する。 5月下旬、南仏プロヴァンス地方を旅行。 9～10月、プロヴァンスのアヴィニョンに旅行。 12月、マリー＝フォン＝トゥルン＝ウント＝タクシス＝ホーエンローエ侯爵夫人と知り合い、終生続く友情で結ばれる。 『鎮魂歌』（二篇）、『初期詩集』（『わがための祝いに』の改訂版に詩劇『白衣の侯爵夫人』を付す）をインゼル書店から出版する。	ル＝ハウザー』 夏目漱石『三四郎』 独・仏のモロッコ協定。 リーリエンクローン死去。 トーマス＝マン『青い鳥』 ジッド『狭き門』 森鷗外『ヰタ・セクスアリス』
一〇	35	1月末、ライプツィヒにインゼル書店社主キッペンベルク夫妻を訪れ、その家で『マルテの手記』を書き上げる。 4月下旬、アドリア海に面したドゥイノの館にタクシス侯爵夫人に招かれる。ここでルードルフ＝カスナーに再会。 8月中旬、タクシス侯爵夫人の客となり、ボヘミアのラウチンの館に宿泊。 10月、ミュンヒェンに滞在中、ヘルダリーン研究者ノルベルト＝フォン＝ヘリングラートを知る。 11月、パリでカスナーとの親交を深める。 11月下旬～翌年3月、北アフリカ旅行に出て、アルジェ・ビ	イギリス領の南アフリカ連邦成立。 日本・韓国併合。 トルストイ死去。 カロッサ『詩集』

一九一一	36	スクラ・エル=カンタラ・チュニス・カイルアンを経てナポリへ。 『マルテの手記』をインゼル書店より出版する。 3月末まで北アフリカ旅行。ナイル河をアスワンまで遡る（カイロ・アシュウト・ルクソール・カルナック・アビュードス・ヘルアーン）。4月にパリに帰る。 7月、ボヘミア地方への旅に出て、ラウチンでタクシス侯爵夫人の招きを受ける。一度パリに帰り、10月中旬、フランス・イタリア各地を自動車で周遊したあと、同月下旬以降、再びドゥイノの館の客となる。 12月より、夫人とダンテの『新生』の翻訳を試みる。	第2次モロッコ事件。 中国、辛亥革命。 ディルタイ死去。 ホーフマンスタール『イェーダマン』 ヴェルフェル『世界の友』 グンドルフ『シェイクスピアとドイツ精神』 モロッコ、フランスの保護国となる。
一二	37	1～2月、『ドゥイノの悲歌』の第一、第二の悲歌が成立、また第三と第一〇の悲歌の断片も出来る。 5月初旬、ドゥイノを去り、夏いっぱいヴェネツィアに滞在。女優エレオノーラ=ドゥーゼと親しく交際。 10月末、スペインに出発、トレド・コルドバ・セビリャ・ロンダなどに滞在。風景とイスラム文化に忘れ難い印象が刻まれる。	第一次バルカン戦争勃発（～一三）。 ストリンドベリ、石川啄木死去。 石川啄木『悲しき玩具』
一三	38	1～2月、ロンダ・マドリッドなどスペイン旅行を続ける。 『スペイン三部曲』成る。「第六悲歌」の一部が成立。ロンダでの神秘体験を経て散文「体験」を書く。2月末、パリ	第二次バルカン戦争。 トーマス=マン『ベニスに死す』

年	年齢	事項	関連事項
		に帰る。3月、ロマン=ロランと知り合う。7~9月、ゲッティンゲン・ミュンヒェンにルーと滞在（ルーとは一九一九年3~6月のミュンヒェン滞在が最後）。10月、再びパリに。「第三悲歌」成立。マルセル=プルーストと親しむ。詩集『マリアの生涯』、翻訳『ポルトガルぶみ』、『第一詩集』（『家神への供物』『夢を冠に』『降臨節』を合本）をインゼル書店より出版。	デーメル『美しき、野蛮な世界』 ジンメル『ゲーテ』 トラークル『詩集』 プルースト『スワンの家の方へ』
一九一四	39	1月下旬、アンドレ=ジッドの『放蕩息子の帰宅』の訳稿を携えてジッドを訪問。 2月末、ベルリンに行き、女流ピアニスト、マグダ=フォン=ハッティングベルク（愛称ベンヴェヌータ）と親しく交際。彼女とミュンヒェン・ドゥイノ・ヴェネツィア・アッシジを経てパリに帰る。 7月末、ライプツィヒにキッペンベルクを訪ねた折、第一次世界大戦が勃発。 8月末、ミュンヒェンに行く。これより大戦中は主としてミュンヒェンに居住。女流画家ルル=アルベール=ラザールを知り親しく交際。ヘリングラートの教示で、ヘルダリーンの詩を熱心に読む。 アンドレ=ジッド『放蕩息子の帰宅』の翻訳をインゼル書店	7・28、第一次世界大戦勃発（~一八）。 パナマ運河開通。 トラークル死去。 ゲオルゲ『結盟の星』 トラークル『夢のなかのセバスティアン』 カイザー『カレーの市民』 ジッド『法王庁の抜け穴』 夏目漱石『こゝろ』

		から出版。	
一九一五	40	6～10月、ヘルタ＝ケーニヒ夫人の留守宅に住み込み、同家所有のピカソの絵「軽業師の一家」に魅了される（「第五悲歌」の主題）。 11月、「第四の悲歌」成立。ミュンヒェンで徴兵検査を受け、国民軍に編入されて年末からウィーンで軍務に服する。	イタリア、三国同盟破棄し、オーストリア宣戦。 日本、中国に21ヵ条要求。 カフカ『変身』
一六	41	1月、兵役生活を始めたウィーンで一次検査を受け、陸軍文書課（戦争資料室）勤務となるが、友人らの努力で6月初旬、兵役を解除される。 7月、ミュンヒェンに帰る。心身とも著しく衰弱し、詩作はほとんどできず。	ドイツ軍、ヴェルダン総攻撃。 ヘリングラート、ヴェラーレン、上田敏、夏目漱石死去。
一七	42	7月下旬～10月初め、ヴェストファーレンのベッケルにあるヘルタ＝ケーニヒ夫人の荘園所領地に滞在。 11月、ベルリンでロダンの訃報に接する。 12月、ミュンヒェンに帰る。前年に続き詩作は不毛。	ロシア革命、ソヴィエト政権成立。 ヴァレリー『若きパルク』 萩原朔太郎『月に吠える』
一八	43	古代研究家アルフレート＝シューラーの講演会を熱心に聴講。 11月、ミュンヒェンで政治集会にもひんぱんに参加。劇作家で政治活動家のエルンスト＝トラーらともつき合う。 翻訳『ルイーズ＝ラベの二四のソネット』をインゼル書店より出版。	ウィルソン、14ヵ条の平和原則発表。 ドイツ革命、ドイツ降伏。 第一次世界大戦終結。
一九	44	5月、革命派と関係したとの理由でミュンヒェンの家が家宅	ドイツ共和国成立。スパ

		捜索を受ける。 6月、ミュンヒェンを脱出し、スイスに行く。 7～9月、ソリオのザーリスの館に滞在。日本とも関係の深いグーディ＝ネルケ夫人と知り合う。スイス各地で講演を行う。ヴィンタートゥーアで銀行家ラインハルト兄弟の歓待を受ける。ナニー＝ヴンダリー＝フォルカルト夫人とも知り合う。 12月初旬よりロカルノに滞在。	ルタクス団の蜂起。 パリ講和会議、ヴェルサイユ条約調印。 ファシスタ党結成。 ヘッセ『デミアン』 プルースト『花咲く乙女たちの蔭に』
一九二〇	45	3～5月、ブルクハルト家の所領シェーネンベルクに滞在。 8月中旬、ジュネーヴで女流画家バラディーヌ＝クロソウスカ（愛称メルリーヌ）と知り合う。 10月初旬、ヴァレー地方を訪れ、その風景に強く魅かれる。 10月下旬の大戦後初めてパリを訪れる。 11月中旬、チューリヒ郊外イルヒェル近郊のベルクの館に住み、連作詩『C・W伯の遺稿より』を書く。	国際連盟、正式発足。 ヒトラー、ナチス党結成。 デーメル死去。 ヴェルフェル『鏡人』 ベルトラム『ニーチェ』 プルースト『ゲルマントの方I』
二一	46	3月、ヴァレリーの詩を読み、感銘と強い刺激を受けて『海辺の墓地』の訳出を試みる。 5月、ベルク館よりレマン湖畔エトワに移る。すでに親密な関係を結んだメルリーヌと共にスイス各地を旅した際、ヴァレー州シエール郊外にミュゾットの館を見出す。ヴィンタートゥーアのヴェルナー＝ラインハルトの尽力で、7	ワシントン軍縮会議。 四ヵ国条約調印。 トラー『群衆人間』 シュヴァイツァー『水と原始林のあいだに』 魯迅『阿Q正伝』

一九二二	47	月末この館への入居が実現。「悲歌」完結に向けた精神の集中が始まる。 2・2〜5、ミュゾットの館にて『オルフォイスに寄せるソネット』第一部が成立。 2・7〜14、第七、第八、第九、第一〇、第五の各「悲歌」を書き上げ、ここに『ドゥイノの悲歌』が完成する。 2・15〜23、『オルフォイスに寄せるソネット』第二部も完成。同時期に、散文『若い労働者の手紙』も書く。 5月、娘ルートがカール＝ズィーバーと結婚する。健康悪化の兆が生じるにつれ、メルリーヌと過ごす時間が増す。 ヴァレリーの詩の翻訳に心魂を傾ける。	九ヵ国条約調印。 イタリア、ファシスト内閣成立。 ソヴィエト社会主義共和国連邦成立（〜九一）。 プルースト、森鷗外死去。 ヘッセ『シッダルタ』 ホーフマンスタール『ザルツブルク世界大劇場』
二三	48	8月下旬より、健康状態が悪いため、一か月ベッケンリート郊外のシェーネックのサナトリウムに行き療養。 11月、娘ルートが女児クリスティーネを産む。 12月、健康悪化のため、レマン湖畔のヴァル‐モン‐スュル‐テリテのサナトリウムに初めて入院。 『ドゥイノの悲歌』『オルフォイスに寄せるソネット』をインゼル書店より出版。	フランス・ベルギー軍、ルール地方占領。 関東大震災。 ラディゲ死去。 ヴァレリー『ユーパリノス』 ラディゲ『肉体の悪魔』
二四	49	1月、ミュゾットに帰る。フランス語による詩作をさかんに試みる。 4・6、ヴァレリーがミュゾットの館を訪れ、対話する。	ドーズ案成立。 レーニン、カフカ死去。 トーマス＝マン『魔の山』

年	年齢	事項	関連事項
		5月、エーリカ＝ミッテラーとの詩を用いた往復書簡開始。 7〜8月、タクシス侯爵夫妻と保養地バート-ラガッツに滞在。 11月末、再びヴァル-モンのサナトリウムに入院。	カロッサ『ルーマニア日記』
一九二五	50	1月、サナトリウムを出てパリに行き、8月まで滞在。最後のパリ生活となる。ジッドなど旧知の人々に会う。シャルル＝デュ＝ボス、エドモン＝ジャルー、ジュール＝シュペルヴィエル、ジャン＝カスーらの新しい知人もできる。『マルテの手記』の仏訳者モーリス＝ベッツに翻訳上の有益な助言を与える。 10月、ミュゾットに帰り遺言状（10月21日付）を書く。 12・4、50歳の誕生日に多くの祝辞が寄せられる。フランスの雑誌「カイエ-デュ-モア」（エミール-ポール-プレス社）が、特集「リルケへの感謝」をくむ。 12月中旬、ヴァル-モンのサナトリウムへの三度目の入院（翌年5月末まで）。 翻訳『ポール＝ヴァレリー詩集』をインゼル書店から出版。	ヒンデンブルク、ドイツ大統領に。 ロカルノ条約締結。 カフカ『審判』 ツヴァイク『デーモンとの闘争』 ヒトラー『わが闘争』 梶井基次郎『檸檬』 堀口大学『月下の一群』 釈迢空『海やまのあひだ』
二六	51	6月、ミュゾットに帰る。 6〜7月、ヴァレリーの『ナルシス断章』を翻訳。 7〜8月、バート-ラガッツに滞在。 9月、レマン湖畔でヴァレリーと歓談。 10月、薔薇の棘に刺された傷が化膿して急性白血病の徴候が	国際連盟にドイツ加入。 蒋介石、北伐開始。 エレン＝ケイ死去。 カフカ『城』 ジッド『贋金つかい』

		生じ、11月末ヴァル＝モンのサナトリウムに四度目の入院。 12・29、早朝、同サナトリウムで死去。死因は白血病。 フランス語詩集『果樹園　付ヴァレーの四行詩』がパリのガリマール社より出版される。	川端康成『伊豆の踊り子』
一九二七		1・2、遺言に従って、ヴァレーのラロン郊外の丘の上に埋葬される。ヴァレリーの『ユーパリノスあるいは建築について』の翻訳がインゼル書店より、フランス語小詩集『薔薇』がオランダのストルス社より、『窓』がパリのリブレリー＝ド＝フランス社より、また最初のインゼル版『リルケ全集』（全六巻）が、それぞれ出版される。	日本、第一次山東出兵。 芥川龍之介死去。 ヘッセ『荒野の狼』 カフカ『アメリカ』 ハイデガー『存在と時間』 茅野蕭々『リルケ詩抄』
三一		母フィア＝リルケ死去。	満州事変勃発。 ヘルマン＝ブロッホ『夢遊の人々』（～三二）
五四		妻クララ＝リルケ＝ヴェストホフ死去。	パリ条約、西ドイツの主権回復と再軍備。 エルンスト＝ブロッホ『希望の原理』（～五九）
七二		娘ルート＝ズィーバー＝リルケ死去。	沖縄、日本復帰。 日中国交正常化。

参考文献

本文で提示したものと重複する場合がある。いずれも単行本（単著）を中心に掲げているが、世界文学全集所収巻は割愛する。

作品の主な翻訳

『リルケ詩抄』 茅野蕭々訳 （増補版『リルケ詩集』 一九三九） —— 第一書房 一九二七

『果樹園』 堀口大学訳 （青磁社 一九四三） —— 角川書店 一九五三

『マルテの手記』 大山定一訳 （白水社 一九三九、一九四七、一九五四、養徳社 一九五〇、新潮文庫 一九五二）

『マルテの手記』（岩波文庫） 望月市恵訳 —— 岩波書店 一九四六

『リルケ詩集 薔薇』 堀辰雄・富士川英郎・山崎英治訳 —— 人文書院 一九五三

『リルケ選集』（全4巻） 芳賀檀・大山定一他訳 —— 新潮社 一九五四

『リルケ詩集』（岩波文庫） 星野慎一訳 —— 岩波書店 一九五五

『ドゥイノの悲歌』（岩波文庫） 手塚富雄訳 —— 岩波書店 一九五七

『世界名詩集大成 ドイツ篇Ⅱ』 手塚富雄他訳 —— 平凡社 一九五八

『リルケ全集』 全14巻 富士川英郎編集 富士川英郎他訳（新版全7巻 一九七三～七四） —— 彌生書房 一九六〇～六五

『リルケ詩集』（新潮文庫） 富士川英郎訳 —— 新潮社 一九六三

『C・W伯の遺稿より』 塚越敏訳 —— 国文社 一九七三

『マリアの生涯』 塚越敏訳 —— 国文社 一九八六

『リルケ全集』全10巻（本巻9　別巻1）　塚越敏監修　塚越敏他訳 ―― 河出書房新社　一九九〇～九一
『リルケ詩集』（双書20世紀の詩人　6）　神品芳夫編訳 ―― 小沢書店　一九九三

書簡

『孤独と友情の書（リルケ・ジイド往復書簡）』　富士川英郎・原田義人訳 ―― みすず書房　一九五三
『愛の手紙』（三笠文庫）　矢内原伊作・富士川英郎訳 ―― 三笠書房　一九六四
『三つの愛の手紙』（教養文庫）　生野幸吉・杉浦博訳 ―― 社会思想社　一九六六
『リルケ書簡集』全2巻　大山定一・富士川英郎他訳 ―― 人文書院　一九六八
『ベンヴェヌータとの愛の手紙』　源哲麿訳 ―― 河出書房新社　一九七三
『リルケ／ホーフマンスタール往復書簡』　塚越敏訳 ―― 風信社　一九八三
『リルケ書簡集』全4巻　塚越敏・後藤信幸他訳 ―― 国文社　一九八六～八八
『リルケ美術書簡――1902～1925』　塚越敏編訳 ―― みすず書房　一九九七

研究書（日本）

片山敏彦　『リルケ』 ―― 角川書店　一九四八
谷友幸　『リルケ伝』 ―― 創元社　一九四八
星野慎一　『若きリルケ』（リルケ研究第一部） ―― 河出書房　一九五一
富士川英郎　『リルケ――人と作品』（付文献目録） ―― 東和社　一九五二
星野慎一　『ロダンとリルケ』（リルケ研究第二部） ―― 河出書房　一九五三
富士川英郎　『リルケと≪軽業師≫』 ―― 弘文堂　一九五八
手塚富雄　『ゲオルゲとリルケの研究』 ―― 岩波書店　一九六〇

星野慎一『晩年のリルケ』（リルケ研究第三部）――河出書房　一九六〇
生野幸吉『抒情と造型』――思潮社　一九六六
石丸静雄『リルケ』（彌生選書34）――彌生書房　一九七八
塚越敏『リルケの文学世界』――理想社　一九六九　増補版　一九七九
加藤泰義『リルケとハイデガー』――芸立出版　一九八〇
神品芳夫『リルケ研究』――小沢書店　一九七三　新版　一九八二
田木繁『リルケへの対決――垂直的と水平的』――南江堂　一九七三
高安国世『わがリルケ』――新潮社　一九七七
小松原千里・平子義雄編『リルケ――変容の詩人』――クヴェレ会　一九七七
塚越敏『リルケとヴァレリー』――青土社　一九九四
小松原千里『沈黙のことば――リルケ「オルフォイスへのソネット」について』――同学社　二〇〇〇

研究書（外国）

ルー・アンドレアス・サロメ『ライナー・マリーア・リルケ』土井虎賀寿訳――筑摩書房　一九四三
マリー・トゥルン・ウント・タクシス『リルケとの愛の思い出』富士川英郎訳――養徳社　一九五〇
カタリーナ・キッペンベルク『リルケ』芳賀檀訳――人文書院　一九五一
マグダレーナ・フォン・ハッティングベルク『リルケの愛の思い出』富士川英郎・吉村博次訳――新潮社　一九五三
エドモン・ジャルウ『リルケの最後の友情』渡辺一夫・原田義人訳――人文書院　一九五三
ルー・アルベール・ラザール『リルケと共に』高安国世・野村修訳――新潮社　一九五四
ノーラ・ヴィーデンブルック『リルケ――人と詩人』塚越敏・鈴木重吉訳――筑摩書房　一九五四

ジョセフ・フランソワ・アンジェロス『リルケ』富士川英郎・菅野昭正訳――新潮社 一九五七
ヘルマン・マイヤー『リルケと造型芸術』山崎義彦訳――昭森社 一九六一
ヴィクトール・ヘル『リルケの詩と実存』後藤信幸訳――理想社 一九六九
ベーダ・アレマン『リルケ≪時間と形象≫』山本定祐訳――国文社 一九七七
モーリス・ツェルマッテン『晩年のリルケ』伊藤行雄・小潟昭夫訳――共立出版 一九七七
カール・ユージーン・ウェッブ『リルケとユーゲントシュティール 世紀末の芸術家たち』伊藤行雄・加藤弘和訳――芸立出版 一九八〇
ハンス・エーゴン・ホルトゥーゼン『リルケ』(ロロロ伝記叢書)塚越敏・清水毅訳――理想社 一九八一

関連書

マルティン・ハイデッガー『乏しき時代の詩人』手塚富雄・高橋英夫訳――理想社 一九五八
モリス・ブランショ『文学空間』粟津則雄・出口祐弘訳――現代思潮社 一九六二
ガストン・バシュラール『空間の詩学』岩村行雄訳――思潮社 一九六九
『鷗外全集』(第5、6、10、11、27巻)――岩波書店 一九七二〜七四
『ルー・ザロメ著作集』全5巻・別巻(新版一九八六)――以文社 一九七三〜七六
種村季弘『ヴォルプスヴェーデふたたび』――筑摩書房 一九八〇
神品芳夫『詩と自然 ドイツ詩史考』――小沢書店 一九八三
会津伸『ミューズの子とともに――近代ドイツ抒情詩論』――松籟社 一九八四
吉本隆明『死の位相学』――潮出版社 一九八五
『近代ドイツ抒情詩の展開――星野慎一博士喜寿記念論集』――同学社 一九八六
三木正之『ドイツ詩考』――クヴェレ会 一九八九

ベーダ・アレマン『詩的なる精神　ヘルダリーン』小磯仁編訳——国文社　一九九四
星野慎一『俳句の国際性』——博文館新社　一九九五
ポール＝ルイ・クーシュー『明治日本の詩と戦争　アジアの賢人と詩人』
金子美都子・柴田依子訳——みすず書房　一九九九
塚越敏『創造の瞬間　リルケとプルースト』——みすず書房　二〇〇〇

雑誌（特集号）

「四季」（リルケ研究　6月号〈編輯代表者　堀辰雄〉）——一九三五
「エルンテ」（7巻3号　リルケ特輯）——東京帝国大学独逸文学研究会編輯　一九三五
「無限」（ライナー・マリーアー・リルケ特集　夏期号　11）——一九六二
「実存主義」（33号　特集リルケ　付「年譜・リルケ文献」浜田恂子編）——一九六五
「ユリイカ」（4巻11号　特集リルケ　付「参考文献」神品芳夫編）——一九七二

書　誌

国立国会図書館編『明治・大正・昭和翻訳文献目録』——風間書房　一九七一
森本浩介編『ドイツ文学文献要覧　一九四五－一九七七（戦後編）』——日外アソシエーツ　一九七九
山内正平編「日本におけるリルケ研究翻訳」（「ドイツ文学」84号）——日本独文学会　一九九〇
——個別の論文・エッセイなども網羅されている。

原書（全集・書簡集・伝記〔年代記・写真集を含む〕、書誌などの基本的な参考書目のみ挙げる。膨大な研究書については、代表書の一部邦訳や本文での紹介文献との重複もあり、更なる掲出を割愛する）

全集

Rainer Maria Rilke. Sämtliche Werke. I-VII Bände. Bd.I-VI. Hrsg. von Rilke-Archiv. In Verbindung mit Ruth Sieber-Rilke besorgt durch Ernst Zinn. 1955-1966. Die Übertragungen. Bd. VII. Hrsg. von Rilke-Archiv. In Verbindung mit Hella Sieber-Rilke besorgt durch Walter Simon,Karin Wais und Ernst Zinn. Frankfurt am Main und Leipzig (Insel Verlag) 1997.

書簡集

Rainer Maria Rilke. Gesammelte Briefe. I-VI Bände. Hrsg. von Ruth Sieber-Rilke und Carl Sieber. Leipzig (Insel Verlag) 1936-1939.

Rainer Maria Rilke. Briefe. Hrsg. von Rilke-Archiv in Weimar. In Verbindung mit Ruth Sieber-Rilke besorgt durch Karl Altheim. Frankfurt am Main (Insel Verlag) 1980. (insel taschenbuch-Ausgabe. 3 Bände. 1985).

Rainer Maria Rilke. Briefe 1896-1926. 2 Bände. Hrsg. von Horst Nalewski. Übertragung französischer Briefe und Briefpassagen von Heidrun Werner. Übertragung russischer Briefpassagen von Ulrike Hischberg. Frankfurt am Main (Insel Verlag) 1991.

Rainer Maria Rilke. Briefe zur Politik. Hrsg. von Joachim Storck. Frankfurt am Main (Insel Verlag) 1992.

Rainer Maria Rilke, Katharina Kippenberg. Briefwechsel. Wiesbaden (Insel Verlag) 1954.

Rainer Maria Rilke. Correspondance avec Merline. 1921-1926. Hrsg. von Dieter Bassermann. Editions Max Niehans, Zürich 1954.

Rainer Maria Rilke, Lou Andreas-Salomé. Briefwechsel. Hrsg. von Ernst Pfeiffer. Frankfurt am Main (Insel Verlag) 1975.

Rainer Maria Rilke. Briefe an Nanny Wunderly-Volkart. Im Auftrag der Schweizerischen Landesbibliothek und unter Mitarbeit von Niklaus Bigler, besorgt durch Rätus Luck. 2 Bände. Frankfurt am Main (Insel Verlag) 1977.

Rainer Maria Rilke und Marie von Thurn und Taxis. Briefwechsel. Neuausgabe der 1951 im Max Niehans Verlag AG, Zürich, und im Insel Verlag, Wiesbaden, ershienenen Ausgabe. Besorgt durch Ernst Zinn. Mit einem Geleitwort von Rudolf Kassner. 2 Bände. Frankfurt am Main (Insel Verlag) 1986.

Rainer Maria Rilke. Die Briefe an Karl und Elisabeth von der Heydt 1905-1922. Hrsg. von Ingeborg Schnack und Renate Scharffenberg. Frankfurt am Main (Insel Verlag) 1986.

Rainer Maria Rilke, Ellen Key. Briefwechsel. Mit Briefen von und an Clara Rilke-Westhoff. Hrsg. von Theodore Fiedler. Frankfurt am Main und Leipzig (Insel Verlag) 1993.

Rainer Maria Rilke. Briefe an Schweizer Freunde. Erweiterte und kommentierte Ausgabe. Hrsg. von Rätus Luck. Unter Mitwirkung von Hugo Sarbach. Frankfurt am Main und Leipzig (Insel Verlag) 1994.

Rainer Maria Rilke. Briefwechsel mit Magda von Hattingberg 〉Venbenuta〈. Hrsg. von Ingeborg Schnack und Renate Scharffenberg. Frankfurt am Main und Leipzig (Insel Verlag) 2000.

伝　記

Carl Sieber. René Rilke. Die Jugend Rainer Maria Rilke. Leipzig (Insel Verlag) 1932.

Ingeborg Schnack. Rainer Maria Rilke. Leben und Werk im Bild. Mit einer biographischen Einführung und einer Zeittafel. Frankfurt am Main (Insel Verlag) 1973.

Wolfgang Leppmann. Rilke. Sien Leben, seine Welt, sein Werk. Bern und München (Scherz Verlag) 1981.

Donald A. Prater. Ein klingendes Glas. Das Leben Rainer Maria Rilkes.Aus dem Englischen von Fred Wagner. München Wien (Carl Hanser Verlag) 1986.

Horst Nalewski. Rainer Maria Rilke. Leben, Werk und Zeit in Texten und Bildern. Hrsg. von Horst Nalewski. Frankfurt am Main (Insel Verlag) 1992.

Ingeborg Schnack. Rainer Maria Rilke. Chronik seines Leben und seines Werkes. Zweite, neu durchgesehene und ergänzte Auflage 1996. Frankfurt am Main (Insel Verlag) 1996.

書　誌

Rilke-Bibliographie. Bearbeitet von Fritz Adolf Hünich. Erster Teil: Das Werk des Lebenden. Leipzig (Insel Verlag) 1935.

Walter Ritzer. Rainer Maria Rilke. Bibliographie. Wien (Verlag O.Kerry) 1951.

Cornelius Ouwehand und Shizuko Kusunoki. Rilke in Japan. Versuch einer Bibliographie. Hague (Mouton & Co.) 1960.

Katalog der Rilke-Sammlung. Richard von Mises. Frankfurt am Main (Insel Verlag) 1966.

Walter Simon. Verzeichnis der Hochschulschriften über Rainer Maria Rilke. Hildesheim (Georg Olms Verlag) 1978.

さくいん

【人　名】

リルケ■人と思想161　　定価はカバーに表示

2001年２月15日　第１刷発行©
2016年４月25日　新装版第１刷発行©

・著　者 ……………………星野《ほしの》　慎一《しんいち》・小磯《こいそ》　仁《まさし》
・発行者 …………………………………渡部　哲治
・印刷所 ………………………………広研印刷株式会社
・発行所 ……………………………株式会社　清水書院

〒102-0072　東京都千代田区飯田橋3-11-6
Tel・03(5213)7151～7
振替口座・00130-3-5283
http://www.shimizushoin.co.jp

検印省略
落丁本・乱丁本は
おとりかえします。

Century Books

Printed in Japan
ISBN978-4-389-42161-8

清水書院の〝センチュリーブックス〟発刊のことば

近年の科学技術の発達は、まことに目覚ましいものがあります。月世界への旅行も、近い将来のこととして、夢ではなくなりました。しかし、一方、人間性は疎外され、文化も、商品化されようとしていることも、否定できません。

いま、人間性の回復をはかり、先人の遺した偉大な文化を継承して、高貴な精神の城を守り、明日への創造に資することは、今世紀に生きる私たちの、重大な責務であると信じます。

私たちがここに、「センチュリーブックス」を刊行いたしますのは、人間形成期にある学生・生徒の諸君、職場にある若い世代に精神の糧を提供し、この責任の一端を果たしたいためであります。

ここに読者諸氏の豊かな人間性を讃えつつご愛読を願います。

一九六七年

清水梼山